교화도^{皎花島}
이야기

皎花島
교화도
이야기

가을장마가 계속되던 날

심규철
지음

바른북스

프롤로그 :

가을장마가 계속되던 날에
교화도(皎花島)에서 있었던 일

'사랑하는 아내와 딸아이가 내 눈앞에서 매일 죽어나갔다.'

이제 시작해야 할 이 이야기는 어느 무명작가가 써 내려간 진부한
클리셰인가?

아니면 장난기가 발동한 못된 악마의 심심풀이였을까?

그것도 아니면, 혹여 지난날 나의 과오에 대한 신의 처벌이었을까?

그 어떤 것으로도 해석할 수가 없는 그 하루는 깨어진 유리 조각과
같은 꿈과 함께 시작되었던 것 같다.

'깨어진 유리 조각'

이 또한 너무 진부한 표현인가? 글쎄, 그리 좋지 않은 내 머리로는 아무리 고민을 해도 더 나은 표현은 생각나지 않는다. 하지만 안 그래도 골치 아픈데 더 좋은 표현을 생각해 내는 건 그만두기로 한다. 그것을 고민하는 것보다 시간의 트랩에 갇힌 나의 신세를 해결하는 일이 더 급선무이기 때문이다.

'지금의 나는 어디에 있는가?'

지금의 나는 의식과 무의식 사이의 어딘가를 헤매고 있는 것일까? 혹은 망상과 상상, 그 어디 즈음에 갇혀있는 것일까? 그것도 아니라면 신의 조작? 모르겠다. 이 마귀의 선물과도 같은 이 시간 속에서 신 혹은 이 게임의 주최자는 나에게 도대체 무엇을 원하는 것일까? 도대체 내가 어떻게 해야 그의 마음에 꼭 드는 해답을 내놓을 수 있는 것인가? 시간은 늘 내게 거추장스러운 해답을 요구하는 것만 같다.

'글로 남기기로 했다.'

나의 이야기를 글로 남기기로 했다. 이유는 단순하다. 지금 나에겐 임금님 귀는 당나귀 귀를 외칠 수 있는 대나무 숲이 필요하기 때문이다. 언젠가 누군가에 의해 이 글이 온전한 모습으로 발견되고, 또한 이 글을 읽는 사람이 있다면, 그 누군가는 나의 이 고통을 공감해 줄 수 있을까? 물론, 그럴 수는 없을 것이라고 생각한다. 내가 아무리 열심히 글을 쓴다고 해도 내 글은 내일 리셋되고, 그다음 날 또 리셋되고, 그리고 또 그다음 날에 리셋될 것이기 때문이다. '내일'이 오지 않기에 오롯이 나만 혼자 존재하는 '오늘'이라는 이름의 제로섬 게임. 내 말을 이해하기 어려운가? 상관없다. 어차피 내 이야기는 이젠 나 스스로도 이해할 수 없는 지경에 이르렀다. 그러므로 나의 이 글에서 나는 독자의 이해를 구하지 않기로 한다. 그저 단 한 명만이라도 나의 고통을 공감해 줄 누군가가 존재한다면 그것에 감사할 뿐이다.

AGAIN 1st

눈을 떴다. 누군가 깨진 유리 조각으로 내 대뇌 피질을 긁는듯한 두통이 몰려왔다. 나는 누구인가? 여긴 어디인가? 어디선가 주워듣기는 했었는데, 인간의 뇌가 잠에서 깨어나서 완전한 기능을 할 때까지는 아침에 눈을 뜨고 약 2시간이 걸린다고 했다. 그래서 수능을 치르는 학생들은 몇 개월 전부터……. 응? 나는 지금 무슨 생각을 하는 거지?

"여보!"

아내의 외마디 외침이 나의 두통을 뚫고 뇌로 파고들었다. 그렇다.

나는 한 아내의 남편이자……. 아! 나는 지금 무슨 생각을 하고 있었지? 그러니까 나는 누구지? 여긴 어디지?

"아빠!"

하나가 내 품으로 뛰어들었다. 그래 맞아! 나는 한 아이의 아빠이고, 이곳은 우리 집 안방이었다. 그리고 나는 침대에 누워 있었다.

"도대체 어제 술을 얼마나 마신 거야?"

아내가 안방 커튼을 걷으며 잔소리를 시작했다. 그제야 잠이 조금 깨는듯했다. 나는 하나를 끌어안으며 침대에서 몸을 반쯤 일으켰다.

"비가 와서 창문은 못 열겠네!"

아내가 창문 밖을 내다보았다. 세찬 비가 창문을 두드리고 있었다.

"비 계속 와?"

"응! 이게 벌써 며칠째인지……. 오늘은 태풍까지 온대!"

"태풍? 무슨 태풍? 갑자기? 중국으로 가는 것 아니었어?"

나는 하나에게 입맞춤하려고 했지만, 하나가 술 냄새 난다며 나를 뿌리치고 거실로 뛰어나갔다. 나는 내 몸을 덮고 있던 이불을 대충 발로 차버렸다.

"몰라! 서쪽으로 가던 태풍이 갑자기 방향을 틀어서 우리 섬 바로 근처로 지나갈 거래!"

아내는 원래 비 맞는 것을 싫어했다. 며칠째 지속되던 가을장마에도 신물이 나 있던 차에, 갑자기 태풍까지 온다고 하니 더욱 짜증이 난 모양이었다. 우리 섬은 동해에 위치해 있어 태풍이 지나갈 일이 거의 없는데, 신기한 일이었다.

내 몸에서 나는 역한 술 냄새가 내 코를 찔렀다. 나는 곧 내 처지를 깨닫고 아내의 눈치를 살폈다. 그리고는 침대 끝에 걸터앉았다. 아내가 새벽에 내가 바닥에 대충 벗어놓은 옷가지들을 정리하며 물었다.

"어제 무슨 술을 그렇게 마신 거야?"

"아! 서필이랑……. 근데 나 집에는 어떻게 왔어?"

"기억 안 나? 새벽에 서필 씨가 당신 업고 왔더라! 내가 어제 얼마나 놀랐는데?"

아내는 나를 혼내는 말투였지만, 그 말에 짜증이 많이 섞이지는 않은 것 같았다. 내심 안도했다. 아내는 내 대답을 듣지 않고, 빨리 준비하고 나오라고 말하며 내 옷을 들고 거실 밖으로 나갔다. 어제 나는 서필이랑 무슨 대화를 나눴지? 무언가 꿈을 꾼 것 같은데, 그 꿈이 깨어진 유리 조각처럼 흩어져 있었다. 다시 침대에 누웠다. 두통이 나를 짓눌렀다. 나는 두통보다 더 아프게 내 관자놀이를 짓눌러버렸다. 미간에 머물러 있던 두통이 관자놀이로 점차 퍼지는 기분이었다.

오전 7시 46분
_____

화장실로 가서 대충 씻고 거실로 나왔다. 아내와 딸은 부엌 겸 거실에서 아침밥을 먹으려던 참이었다. 나는 식탁의 내 자리로 가서 앉았다. 아침밥은 황탯국이었다. 나는 좋은 아내를 두었다.

교화도(咬花島) 이야기

"끔찍한 일입니다. 천륜을 어긴 인면수심의 범죄라는 표현이 맞을까요? 조현병을 앓고 있던 30대 아들이 같이 살던 60대 어머니를 살해하는 잔혹한 범죄가 발생했습니다. 유가족들은 고인이 사건 발생 일주일 전에 이미 경찰에 도움을 요청했지만, 외면당했다고 주장했습니다. 고인득 기자가 보도합니다."

"경기도 상과시의 한 아파트입니다. 이곳에 살던 60대 여성 A씨가 아파트 1층 화단에서 시신으로 발견된 것은 지난 28일 새벽이었습니다. 새벽 운동을 나온 이웃 주민이 경찰에 최초 신고한 것으로 알려졌습니다. 경찰은 수사 끝에 A씨의 아들인 B씨를 유력한 용의자로 특정하고 28일 오후 4시경 상과시 소재의 한 PC방에서 B씨를 검거했습니다. B씨는 심각한 조현병을 앓고 있었으나 지난 3월부터 치료를 임의적으로 중단한 상태였으며, 평소 취업 등의 문제로 피해자인 모친과 자주 다툰 것으로 드러났습니다. 사건 발생 당일 오전, B씨는 A씨의 훈계에 앙심을 품고, 밤늦게 장사를 마치고 집으로 돌아온 모친에 향해 흉기를 휘둘렀으며, A씨가 정신을 잃고 쓰러지자, 베란다 창문을 통해 화단으로 A씨의 시신을 던져 유기한 것으로 드러났습니다. 이웃들의 이야기 들어보시죠."

밥술을 뜨다가 TV에서 흘러나오는 뉴스에 시선이 갔다. 그런데 갑자기 아내가 내 손에서 리모컨을 빼앗아 채널을 돌려버렸다. 내가 막 집중력을 발휘하려던 찰나였다.

"왜? 놔두지?"

"하나도 보잖아!"

역시 나는 생각이 짧다.

"엄마, 왜?"

"아니야! 얼른 밥 먹어!"

아내는 하나의 숟가락 위에 반찬을 놓아주며 하나의 시선을 빼앗았다.

"제7호 태풍 수다의 세력이 매섭습니다. 원래 중국 동부 해안 방향으로 진행할 것으로 예측됐던 태풍 수다는 금일 새벽 3시경 갑작스럽게 방향을 틀어 현재 한반도를 향해 다가오고 있습니다. 지금 현재 태풍의 위치는 인천 남서쪽 약 20km까지 근접한 상태이며, 이 경로를 그대로 유지할 경우 금일 오전 중에 서울과 수도권을 지나 오후 중에는 한반도를 관통할 것으로 보입니다. 태풍 수다가 갑자기 방향을 튼 이유에 대해 기상청은 어제부터 급속도로 확장하기 시작한 북태평양 고기압이 한반도 북쪽에 자리를 잡았기 때문이라고 설명했습니다. 태풍은 보통 고기압의 가장자리를 따라 움직입니다. 태풍 수다의

교화도(蛟花島) 이야기

강도는 '강'으로 태풍 중심의 최대풍속은 38m/s로 관측
됩니다. 이상돈 기상 전문기자 모시고 자세한 이야기 들
어보겠습니다."

다른 채널에서는 태풍 수다에 대한 소식을 전하고 있었다.

"아! 뜨거워!"

식탁에서 TV를 향해 몸을 돌리던 하나가 실수로 국을 쏟은 모양이
었다. 순간적으로 일어난 일이라 나와 아내는 그 일을 막지 못했다.
하나는 울먹였다.

"국 다 식어서 괜찮아!"

아내는 별일 아닌 듯, 하나의 옷에서 국을 대충 털어내고, 하나를
데리고 화장실로 향했다.

"뭐야? 이게? 옷 갈아입어야 하잖아! 내가 좋아하는 옷인데!"

"하나 네가 실수한 걸 누구를 탓하겠어?"

"아니야! 태풍 때문에 바람이 많이 불어서 그런 거야!"

"바람이 국그릇을 쏟은 거야? 우리 딸이 쳐서 그런 게 아니고?"

"응! 내가 아니야!"

아내와 하나가 욕실에서 투덕거리는 소리가 들렸다. 늘 있는 일.
그래서 괜찮았다.

오전 8시 05분

"여보, 우리 두통약 사놓은 거 없어?"

"왜? 머리 아파?"

"술 때문에 그런 거 아니야!"

나는 제 발이 저렸다.

"누가 뭐래?"

아내는 나를 놀리며 거실 서랍장에서 약을 찾아주었다.

오전 8시 12분

차 앞에서 아내와 약간의 실랑이를 벌였다. 아내는 숙취 운전은 절대 안 된다고 나를 말렸다. 그러나 차를 가지고 가지 않고서는 하나를 등교시킬 방법이 없었다. 우리 섬에는 대리운전이라는 시스템 자체가 존재하지 않았다. 스쿨버스가 있기는 했으나 이미 우리 집을 지나간 후였다. 결국 학교까지는 아내가 운전한다는 조건하에 우리는 차에 올랐다.

오전 8시 18분

"오늘 단축 수업한다는 얘기 없어?"

교화도(皎花島) 이야기

뒷자리에 하나와 함께 앉은 내가 운전석의 아내에게 물었다.

"아니! 아직! 교육청에서 통보가 와야 하는데 연락이 없네?"

"자기는?"

"아직 별말 없는데? 요즘 계속 일이 없어서 일찍 끝날 것 같기는 해."

아내는 우리 섬에 유일하게 남은 초등학교에서 기간제 교사로 일하고 있다. 전교생이라고 해봐야 80명 정도밖에 안 되는 작은 학교였다. 몇 년 전엔가 3개 면의 초등학교를 모두 통합했는데도 학생 수는 계속해서 줄어드는 추세였다. 초등학교 1학년은 모두 9명이었는데, 그중 한 아이가 바로 우리 하나였다. 서울에 살던 우리 가족이 세상에 떠밀려 이 섬으로 이주해 온 것은 작년 봄이었다. 사업에 실패하고 방황하던 내게 유일한 안식처가 되어줄 것처럼 보였던 것이 이 섬이었다. 아내는 교원 자격증이 있어서 학교에 일자리를 구할 수 있었고, 나는 우체국에서 집배원으로 일하고 있다. 사업 실패라는 녀석은 내게 빚이라는 이름의 대가를 요구했다. 다행히 회생이라는 제도가 있어서 일부 혜택은 볼 수 있었다. 그러나 지금도 나와 아내의 월급 중에 ⅓은 차압되고 있다. 그리고 앞으로 그 짓을 수년이나 더 해야 했다.

우리 집은 섬에서도 서북쪽의 가장 외진 곳에 위치해 있었다. 그나마 가까운 이웃집이 용찬이 내외가 사는 집이었는데, 차로 5분 거리에 있었다. 그래도 괜찮았다. 왜냐하면 우리 집 근처에는 우리 섬의 자랑인 교화가 장관을 이루는 예쁜 산책로가 있었기 때문이었다. 교화(皎花)는 한자로 달 밝을 교(皎)자에 꽃 화(花)자를 쓴다. 달이 밝은 날 가장 아름답게 피어나는 꽃이라는 뜻이란다. 나는 퇴근 후에 아내와 하나의 손을 잡고 교화가 만개한 산책로를 자주 걷곤 했다. 그런데 작년과 달리 올해는 가을장마 기간이 계속 늘어나면서 교화가 모두 져버렸다. 문득 예쁜 교화 밭에 그립다는 생각이 들었다. 교화는 매년 초여름에 개화하여 가을에 만개한다. 어쩌면 내년 여름까지 교화를 보지 못할지도 모른다는 그 사실이 많이 아쉬웠다.

오전 8시 38분

학교 정문에 도착하자 한지철 선생님이 우산을 쓰고 우리 차로 다가왔다. 아마 셔틀버스를 마중 나왔다가 우리가 도착하는 모습을 보고 다가온 모양이었다. 한지철 선생님은 뒷자리에 앉은 하나가 차에서 내릴 수 있도록 도와주었다. 하나에게 우산도 씌워주었다. 나는 차에서 내려 그와 인사를 나눴다. 어차피 운전석으로 자리를 옮겨야 했다.

"오늘은 유 선생님이 운전하셨나 봐요?"

그가 운전석에서 내리던 아내에게 말을 걸었다. 아내는 차에서 내리면서 대답 없이 그에게 가볍게 목례만 한 후, 하나에게 다가가 손을 잡았다. 아내가 빗소리 때문에 그의 말을 못 들은 모양이었다. 내가 멋쩍어서 아내를 대신해 대답했다.

"제가 어제 술을 많이 마셔서요."

그리고 그와 가볍게 몇 마디를 주고받았다. 대충 나중에 같이 한잔하자는 내용이었다.

"얼른 가. 출근 늦겠어!"

아내가 나를 종용했다. 나는 하나에게 입맞춤을 하고 세 사람이 학교로 들어가는 모습을 잠시 동안 지켜보았다. 아내의 동료인 한지철 선생님은 좋은 분이었다. 오래도록 같이 있고 싶은데 순환 근무가 끝나서 내년이면 뭍에 있는 다른 학교로 전근을 가는 것으로 계획되어 있었다. 아내와 하나가 학교에 잘 적응할 수 있도록 도움을 많이 준 사람인데, 더 친분을 쌓지 못해 아쉬웠다. 사실 우리 섬에는 중학교와 고등학교가 있기는 하지만, 진학률이 많이 떨어졌다. 아이가 그 정도로 자라면 많은 학부모들이 섬을 떠나 도시로 이주하거나, 도시에 있는 친척 집에 아이를 맡겨서 아이가 도시에서 중학교에 다닐 수 있도록 했다. 대한민국은 아직까지 학벌이 지배하는 세상이고, 섬의 교육 시스템은 도시를 따라잡을 수 없는 것이 실제 현실이었다. 우리 부부도 그리 머지않은 미래를 걱정하고 있었다. 서울에서 도망친 우리들의 선택이 하나에게 짐이 되는 것 같은 기분이었다. 하나를 위해 아내와 많은 대화를 나누었지만, 명확한 해결책이 제시된 적은 단 한 번도 없었다. 어쨌든 하나가 중학교에 입학하기 전까지 빚 문제만은 어떻게든 해결하고 싶었다.

오전 8시 42분
___

다시 차에 올라 라디오를 틀었다.

"사건 이전에도 A씨는 가정 폭력으로 경찰에 아들 B씨에 대해 신고를 한 적이 있다고 하는데, 왜 경찰은 미리 A씨에 대한 보호 조치를 하지 않은 것이죠?"

"네, 그렇습니다. 경찰은 사건 발생 전에 이미 두 번이나 가정 폭력 신고로 A씨의 집을 방문한 적이 있었던 것으로 취재 결과 확인이 됐습니다. 그중 첫 번째는 A씨와 B씨가 다투는 소리를 들은 이웃이 신고를 했었고, 다른 한 번은 A씨 본인이 직접 경찰에 신고를 했었습니다."

아침에 뉴스에서 잠시 봤던 그 사건에 대한 이야기인 것 같았다. 볼륨을 높였다.

"그런데 왜 아무런 조치가 사전에 이루어지지 않은 것이죠? 그때 B씨에 대해 적정한 조치가 이루어졌다면 당연한 이야기로 A씨를 살릴 수 있지 않았을까요?"

"네, 맞습니다. 그러나 첫 번째 신고 당시 출동한 경찰은 침착하게 대응하는 B씨의 태도와 신고를 원치 않는다는 A씨의 진술을 믿고 사건을 현장에서 종결처리 한 것으로 알려졌습니다."

"경찰이 가해자와 피해자의 말만 믿고 현장 조사도 하지 않고 돌아갔다? 참 어이없는 사실인데요? 그러면 두 번째 신고 때는요?"

"당시에는 A씨가 직접 신고했었다고 합니다. 신고 당시

A씨는 아들인 B씨가 극심한 조현병을 앓고 있으며, 자신이 신변에 위협을 느낀다고 경찰에 신고를 했었습니다. 당시 경찰은 119 구급대원과 함께 현장에 도착했었는데요. 경찰은 아들인 B씨가 역시나 차분하게 대응했고, 현장에서의 판단으로는 B씨에 대한 강제입원이 어렵다고 판단했다고 합니다. 그리고 또 역시나 A씨가 아들 B씨에 대한 처벌을 원하지 않아 현장에서 사건을 종결했다고 합니다."

"경찰의 대응이 쉽게 납득이 되지 않네요. 그런데 왜 경찰은 그렇게 소극적인 대응을 한 것이지요? 가해자와 피해자를 분리하는 등의 조금 더 적극적인 대응이 필요하지 않았을까요?"

"현재의 사법 체계 때문입니다. 경찰의 이야기 들어보시지요."

라디오를 듣는데 갑자기 피로가 몰려왔다. 이런 종류의 뉴스는 늘 사람을 지치게 만든다.

"가정 폭력은 반의사불벌죄이거든요. 그러니까 가정 폭력 신고를 받고 출동을 했어도, 우리 경찰도 실제 현장에서 제대로 할 수 있는 것이 없어요. 법이 그러니까요. 이번 사건에 대해 아직은 드릴 말씀은 없고요. 당시 출동 상황 일지를 제대로 분석해 봐야 현장 대응이 제대로 이루어졌는지에 대해 판단할 수 있을 것 같습니다. 조현병도 사실 그렇습니다. 현재 법으로는 사실상 강제입원이 거의 불가능하니까……. 전문의가 저희랑 같이 출동하는 것도 아니고요."

나는 라디오를 꺼버렸다. 가정 폭력은 반의사불벌죄이다? 그래서 피해자에 대한 보호 조치가 이루어지지 않았다? 경찰은 현장에서 할 수 있는 것이 없었다? 만약 피의자가 심각한 조현병 환자라도 강제입원이 사실상 불가능하다? 그런데 그런 사건이 발생하면 우선적으로 피해자와 가해자를 분리해서 피해자를 보호하는 것이 우선이 아닌가? 가정 보호? 정말로 법이 그따위라면, 이미 가정은 파괴되었는데, 피해자가 아닌 그 무너진 가정을 보호하는 것이 도대체 무슨 의미가 있단 말인가? 국민 세금으로 호가호위하면서 법 만드는 양반들은 뭐 하고 있는 거지?

나는 법을 잘 모른다. 그래서 판단하는 데 많은 제약이 있을 수 있다. 그러나 이 세상에 뭔가 문제가 있음을 짐작 정도는 할 수 있었다. 잠시 분노가 몰려왔지만, 이제 그만 열을 내기로 했다. 이기적인 생각인지 모르지만, 이건 사실 우리 가족과는 상관없는 남의 일이었다.

교화도(鮫花島) 이야기

오전 8시 48분

그냥 뉴스에 나온, 이기적으로 이야기하면 나와는 아무 상관이 없는 일인데, 왜 나는 그렇게 화가 났을까? 피해자에게 내 감정을 투영했기 때문이었을까? 아니면 내가 정말 내 가족을 너무 사랑해서일까? 모를 일이었다.

차를 소현항 부둣가에 주차했다. 소현항은 주로 어선들이 이용하는 항구였고, 내가 일하는 우체국에서 차로 5분 거리였다. 어업에 종사하는 섬 주민들이 어선을 밧줄로 묶기도 하고, 아예 바다에서 배를 들어 올려서 육지로 옮기는 작업을 하고 있는 모습이 눈에 들어왔다. 차에서 우산을 가지고 내리려다가 이 정도 바람이면 우산이 큰 역할을 하지 못할 것 같아서 그냥 내리기로 했다. 다행히 비는 많이 잦아들고 있었다. 담배에 불을 붙였다. 아내의 성화 때문에 집에서는 담배를 피우지 못하니, 이것이 매일 아침 출근 전에 하는 나의 숭고한 루틴 같은 것이었다. 보슬비가 내 볼을 간지럽혔다. 찬바람을 쐬니 두통이 한결 가시는 것 같았다. 바다는 한 눈에도 파고가 지나칠 정도로 높았다. 짧은 순간이었을까? 바다가 나를 집어삼키는 것 같은 착각에 빠졌다. 진짜 바다에는 악마가 사는 것일까?

"양 사장!"

어촌계장님이 나를 부르는 소리가 내 착각의 늪을 차단했다. 나는 다가오는 그를 향해 고개를 숙여 인사했다. 그는 내가 서울에서 사업을 했다는 이야기를 듣고 그때부터 나를 계속 양 사장이라고 불렀다. 그는 우리가 이 섬에 처음 이주해 오고 섬 주민들에게 따돌림을 당할 때도 우리 가족을 많이 생각해 주던 좋은 분이었다.

"많이 바쁘시네요?"

"말도 말아! 태풍이 왜 가던 길을 꺾었는지, 당최 알 수 없는 일이야! 우리 섬은 태풍이 지나가는 일이 좀체 없는데!"

확실히 우리 섬은 태풍이 오가는 길목이 아니었다. 어촌계장님이 조금 더 가까이 다가와서 바로 내 옆에 와서 섰다. 나는 그 신호를 명확히 해석할 수 있었다. 그에게 담배를 권했다. 항상 그랬듯이 고맙다는 이야기는 이번에도 듣지 못했다.

"오늘도 배 안 들어오겠는데?"

"그렇겠지요?"

원래는 일주일에 세 번 들어오는 우편선이 벌써 이틀째 들어오질 못하고 있었다. 지금은 할 일이 없지만, 미래에 할 일이 쌓여가는 기분이었다. 여느 직장인들처럼 일은 쌓여가는데 당장 할 수 있는 일이 없는 이 상황이 나에게도 별로 유쾌한 일은 아니었다.

"저 사람들은 누구예요?"

내가 선착장 근처에서 우비를 입고 돌아다니는 외지인들을 보면서 물었다.

"누구긴 누구야? 낚시꾼들이지! 페리가 운영을 안 하니 나가는 어선이라도 구하려고 새벽부터 저렇게 부산을 떨고 다니네. 근데 누가 지금 날씨에 목숨을 걸고 배를 띄우겠나?"

어촌계장님이 혀를 찼다.

"계장님!"

소리가 나는 쪽으로 고개를 돌려보니, 눈에 익숙한 경찰차 한 대가

교화도(鮫花島) 이야기

어느새 우리 곁으로 다가와 있었다. 그리고 누군가가 운전석 창문을 열고 어촌계장님에게 말을 걸었다. 파출소 지구대장이었다. 그의 직책은 지구대장일지 모르나, 우리 가족은 그를 텃세 대장이라고 불렀다. 왜냐하면 그가 우리 가족이 이사 올 당시 별것 아닌 일로 트집을 잡고 텃세를 부린 사람이었기 때문이었다. 자연스럽게 그와는 사이가 좋지 않았다. 나는 그를 향해 간단히 목례를 했으나, 이내 바닷가 쪽으로 고개를 돌리고 대화에는 참여하지 않았다. 문득 내가 저 인간보다는 나은 사람이라는 생각이 들었다.

"응! 아침부터 수고하네. 파출소에 물 들어찼다면서?"

"계장님! 말도 마세요! 그것 때문에 오늘 비번인데도 아침부터 불려 나가고 있습니다."

"정리는 되어간대?"

"글쎄요. 하수가 넘친 모양이라 쉽지는 않은 것 같아요. 안 되면 포기해야지요."

"그렇지! 그러다 사람 죽어나가는 것보다 건물이 죽는 게 낫지!"

파출소에 물이 들어찬 모양이었다. 파출소 건물은 우리 섬 내에서도 비교적 저지대에 위치해 있었다. 그에 비해 우리 집은 섬에서 가장 높은 곳에 있어서 침수의 위험은 크지 않았다. 다행이라는 생각이 들었다. 지구대장이 어촌계장님과의 짧은 대화를 마무리하고 차를 돌려 나갔다. 나는 그를 못 본체했다.

평소보다 출근 시간이 꽤 늦어버렸다. 그래도 지각은 하지 않았다. 내가 근무하는 우체국의 우편국은 우편국장님과 나 그리고 강현중 주임까지 3명이 근무를 한다. 그리고 금융국에 일하는 직원들도 있었는데, 같은 건물이지만 공간이 분리되어 있어 크게 마주칠 일이 없었다.

우리 섬은 제일 남쪽의 소현항을 중심으로 소현면이, 동쪽으로는 기암절벽과 여객선터미널이 있는 교화읍이, 서쪽으로는 대지면이 위치해 있다. 우편국장님은 소현면의 우편 배송을 맡고 있었고, 나는 교화읍을, 현중이는 대지면을 담당하고 있다. 우리 집은 섬의 서북쪽에 위치해 있어 행정구역상으로는 대지면에 속해 있었지만, 우리 집으로 오는 우편물이나 택배는 내가 챙겨서 퇴근할 때 들고 가곤 했다. 국장님과 현중이는 좋은 사람들이었다. 업무 외에 다른 일은 서로 터치하지 않았고, 업무도 잘 분담해서 바쁠 때는 한가한 사람이 다른 사람의 배송을 돕기도 했다.

국장님과 현중이는 사무실 한쪽에 있는 TV로 미국프로야구를 보고 있었다. 아마도 올 시즌 미국프로야구를 지배하고 있는 마지성 선수가 선발투수로 등반한 모양이었다.

"좋은 아침입니다!"

"오늘도 배가 안 들어올 모양이야?"

인사하면서 사무실로 들어서는 나를 향해 국장님이 말을 걸어왔다.

"안 그래도 부둣가에 난리네요!"

나는 짧은 대답과 함께 외투를 벗어 어느새 쌓인 빗물을 털어냈다.

"아! 그럼 다음 배에 엄청 몰려서 들어올 텐데!"

현중이가 우리의 대화에 자연스럽게 끼어들었다. 살짝 짜증이 섞인 목소리였다. 나는 현중이에게 다가가 그의 어깨를 주물러 주었다. 그리고 그의 옆에 앉아 같이 야구를 보기 시작했다.

"일단 오늘은 적당히 시간 보내다가 점심 먹고 별일 없으면 일찍 들어가지!"

역시 국장님은 융통성이 있는 사람이었다.

"마지성이 지금까지 노히트노런 중이야."

그리고 국장님은 약간 눈치가 없는 스타일이었다.

"아! 국장님! 그런 이야기 하면 부정 탄다니까요!"

국장님의 눈치 없음에 현중이가 핀잔을 더했다.

"야! 양 과장도 상황을 알아야지! 안 그래?"

난 그저 웃었다. 그간 미국프로야구에 진출한 선수는 많았다. 그렇지만, 내 기억이 맞는다면, 노히트노런을 기록한 우리나라 선수는 없었다. 상황은 9회 말 1사였다. 주자는 없었다. 마지성이 속한 팀이 1:0으로 이기고 있었다. 이제 타자 둘만 상대하면 대기록이 달성된다. 커피를 가지러 가고 싶었으나 중요한 순간이라 그냥 참기로 했다. 나는 미국프로야구의 팬도 아니고, 마지성 선수와 일면식도 없지만 괜히 가슴이 두근거렸다. 상대 타자가 타석에 들어섰다. 타자가 초구에 손을 댔다. 평범한 유격수 땅볼. 이제 한 타자만 남았다. 마지막 타자가 타석에 들어섰다. 그는 상대 팀의 4번 타자였고, 빅리그에서 거포의 상징과도 같은 선수였다. 우리 모두가 숨을 죽였다. 1구와 2구는 모두 파울이었다. 그리고 마지막 3구. 바깥쪽으로 낮게 제구된 변화구가 타자의 헛스윙을 유도했다. 9이닝 / 112구 / 11탈삼진 / 2사 사구 / 미국프로야구 사상 우리나라 선수 최초의 노히트노런의 기록 이 달성되는 순간이었다. 우리는 환호했다.

오전 11시 42분

　언제 잠이 들었을까? 천둥이 치는 것 같은 소리에 잠에서 깨어보니 내 핸드폰의 진동이 울리고 있었다. 누구나 그렇듯 단잠을 방해받는 일은 나에게도 그리 유쾌한 일이 아니다. 핸드폰을 주워들고 주위를 둘러보니 국장과 현중이도 각자의 자리에서 숙면을 취하고 있었다. 이들을 깨우고 싶지 않아 전화를 일단 끊었다. 그리고 핸드폰과 담배 를 들고 조용히 밖으로 나갔다. 비는 다시 굵어졌고, 하늘은 섬광을 번쩍이며 자신의 불쾌한 기분을 표현하고 있었다. 나는 처마가 있는 벤치로 갔다. 담배를 꺼내서 입에 물고 전화를 걸었다. 친구 서필이 였다.

　"왜 단잠을 깨우고 그러냐?"

　나는 그를 탓했다.

　"잤냐? 팔자 좋네! 술은 좀 깼냐?"

　"아! 몰라! 어제 나 왜 그렇게 많이 취했었냐? 별로 마시지도 않은 것 같은데?"

　"뭘 별로 안 마셔? 초반부터 엄청 달려놓고선?"

　서필이의 말 속에 약간의 웃음기가 배어 있었다. 그게 괜히 기분이 나빴다.

"그랬나? 나 어제 실수한 건 없지? 너는 괜찮았어?"

"난 별로 안 마셔서 괜찮았어. 너 근데 술 취해서 무슨 어제 하루가 계속 반복되고, 개소리하던데?"

"무슨 하루가 반복돼?"

"난 모르지! 무슨 논리가 있어야 대화를 하지! 자꾸 어제 살았던 하루가 오늘 또 시작된다고 그러면서 이상한 소리 하던데? 너 요즘에 무슨 일 있냐?"

"무슨 일은……. 빚 때문에 스트레스받아서 그런가?"

"암튼 이참에 어디 병원이라도 가봐야 하는 거 아니냐?"

"내가 무슨 정신병자냐? 됐어!"

"아! 야! 환자 왔다. 내가 나중에 다시 전화할게."

서필이가 전화를 끊었다. 그래도 한 2시간을 푹 잔 덕분에 숙취가 다 해소되는 기분이었다. 지난여름이 너무 더워서였을까? 태풍에 실려 불어오는 찬 바람이 눈치도 없이 좋았다. 그런데 서필이의 이야기는 뭐지? 왜 내가 그런 이야기를 했지? 어제의 나를 오늘의 내가 이해할 수 없었다. 하기야 매일 똑같은 일상을 살고 있으니 평소에 조금 답답한 마음을 가지고 있었는지도 모르겠다. 지금의 나는 어떠한가? 그래도 밑에 직원들도 여럿 두고 회삿돈으로 외제차를 끌고 다닐 때도 있었는데, 그때에 비하면 지금은 오답 노트 펼쳐놓고 그대로 베껴 쓰고 있는 기분이었다. 담배를 깊게 빨아 당겼다.

오후 1시 30분

결국 셋 모두 늦잠을 잤다. 늦게 서야 점심을 먹고 식당 앞에서 담배를 피우고 있는데 핸드폰이 울렸다. 아내였다.

"어! 여보!"

"응! 우리 지금 학교 끝나서 집에 가려고……. 자기는 일 끝났어?"

"아니! 우리는 별일 없는데, 금융국 애들이 안 끝나니까 눈치 보는 것 같아. 데리러 갈까?"

"아니야! 스쿨버스 타고 가면 돼!"

"그래도 오늘은 비도 오는데 괜찮겠어?"

아내와 하나는 등교할 때는 내가 차로 태워다 주고, 하교할 때는 스쿨버스를 탔다. 매번 반복하는 일인데 오늘은 왠지 모를 불안함이 몰려왔다. 날씨 때문일까?

"괜찮아. 스쿨버스 내려서 조금만 걸어가면 바로 집인데 뭐!"

"조심해. 알겠지?"

"응! 아! 오빠! 집에 올 때 부추 한 단이랑 두부 좀 사 올래? 오랜만에 부추전하고 된장찌개 해서 저녁 먹자."

"응! 그래! 나도 일찍 끝날 것 같으니까 끝날 때쯤 다시 전화할게."

"응! 아! 오빠! 하나가 바꿔달래!"

내가 대답도 하기 전에 아내가 하나에게 핸드폰을 넘겼다.

"아빠!"

"우리 하나, 하나는 누구 딸?"

"아빠 딸! 근데 아빠 오늘 너튜브 봐도 돼?"

"너튜브? 근데 아빠 보고 싶다고 얘기도 안 하고 너튜브 얘기부터 하는 거야?"

"응! 아빠 보고 싶어. 그리고 너튜브 봐도 돼?"

지난 세월이 어떻든 상관없다. 하루가 얼마든지 반복되어도 상관없다. 이 지긋지긋한 하루의 끝에 아내와 하나만 있다면 얼마든지 괜찮았다.

오후 3시 26분
_____

"이제 그만 들어갑시다!"

오래 기다렸던 이 한마디가 드디어 국장님의 입에서 나왔다.

오후 3시 48분
_____

마트에 들렀다. 태풍 때문에 대부분의 가게가 문을 닫았는데, 다행히 우리 가족의 단골인 마트는 영업 중이었다. 아내가 말한 대로 부추 한 단과 두부 한 모를 샀다. 계산을 하려다가 하나가 생각나서 과자 몇 개를 같이 계산대에 올렸다. 아내가 좋아하는 아이스크림도 몇 개 더 장바구니에 넣었다. 그리고 내가 좋아하는 막걸리도 샀다. 이 정도의 정성이면 막걸리 정도는 아내가 이해해 줄 것 같았다. 아내가 만든 명품 부추전을 그냥 맨입으로 먹을 수는 없었다. 그건 아내에 대한 모독이었다. 나는 그렇게 스스로를 설득했다.

"그래도 여기는 문을 열어서 다행이네요. 오늘 많이들 쉬시는 것 같던데요?"

계산대에서 내가 주인아저씨에게 물었다. 내 말에 아저씨가 고개를 들어 나를 빤히 쳐다보셨다. 그 시선이 조금 어려웠다. 아저씨는 거의 여든이 되신 어르신이었다. 어르신은 원래 어부로 오래 생업에 종사하시다가 나이가 들고 마트를 운영하기 시작했다는 이야기를 어디선가 들은 기억이 났다.

"자네! 섬에서 태풍은 처음이지?"

"네, 그럼요. 이사 온 지 얼마 되지도 않았는걸요."

"우리 섬은 태풍이 좀체 안 오기는 하지만, 그래도 오늘처럼 태풍이 오는 날은 늘 우리가 악몽을 시달리는 날이거든. 그러니까 문을 잠그고 숨을 수밖에 없지 않겠나!"

"악몽이요?"

"그럼! 섬사람들에게 바다는 풍요로움을 선물하는 상징이기도 하지만, 그의 뒤에 숨겨진 무서운 얼굴이 있어. 그 얼굴이 가끔은 우리에게 목숨이라는 피의 대가를 요구하기도 하지."

태풍이 불거나 파고가 높을 때 조업을 나갔다가 목숨을 잃은 섬 주민분들과 유가족분들을 이야기하는 것 같았다. 나는 섣불리 대답할 말을 찾지 못했다. 아저씨도 태풍으로 소중한 누군가를 잃었을 수도 있는 일이었다. 이 순간, 내가 무슨 대답을 해도 실례가 될 것 같았다.

"무서운 거야. 다시 바다가 목숨을 요구할까 봐! 그러니 문을 꼭 걸어 잠그고 바다가 스스로 진정하기만을 기다리는 거지. 그래서 우리

교화도(鮫花島) 이야기

섬은 이렇게 태풍이 오는 날은 다른 집에 방문하는 것조차 실례라고 생각하기도 하지. 뭐 물론 자네같이 젊은 사람들은 이해하지 못하겠지만……. 세상이 많이 바뀌었어도 주민들의 오랜 상처는 절대 낫지 않거든."

구구절절 옳은 말이었다. 그러고 보니 오늘 문을 연 가게가 많지 않았고, 거리에도 사람들이 별로 보이지 않았다. 덕분에 낮에 점심 먹을 곳이 없어서 꽤나 발품을 팔아야 했다. 사실 난 섬의 생활에 대해 아는 것이 별로 없었다. 빚에 떠밀려, 사람에 지쳐서, 이곳으로 이사 오기는 했지만, 사실 이곳의 생활도 만만치는 않았다. 무엇보다 섬 주민들의 텃세가 심했고, 외지인에 대한 경계가 적개심이라고 느껴질 정도로 심했다. 어쨌든 이사 초기의 힘듦을 이겨내고 지금은 꽤나 잘 지내고 있지만, 그래도 아직은 섬에 대해 아직 잘 모르는 것이 많았다. 나는 어르신의 말씀을 잘 새겨들었다.

계산을 마치고 주인아저씨에게 인사를 하고 나오려는데 누군가 마트로 들어왔다. 행색을 보니 아침에 멀리서 봤던 낚시꾼들 중 한 명인 것 같았다. 일이 일인지라 나는 우리 섬의 대부분의 주민을 알고 있었다. 그런데 그 낚시꾼은 분명 내가 모르는 사람인데, 왠지 모르게 낯이 익은 사람처럼 느껴졌다. 그래서 가게를 나오면서 뒤돌아서 그를 다시 쳐다봤지만, 기억이 나지 않았다. 떠오르지 않는 기억. 그것이 잠시 나를 괴롭혔다.

오후 4시 06분

"현재 한반도를 관통하는 태풍 수다는 내륙에서도 최대 풍속 30m/s를 유지하면서 여전히 위력을 떨치고 있습니다. 서울을 비롯한 수도권에서는 인명 및 재산 피해들이 속속히 집계되고 있습니다. 다시 말씀드립니다. 태풍 수다는 현재 강원도 초입을 지나가고 있으며, 금일 오후 6시경에 강원도를 지나 동해상으로 빠져나가겠습니다. 이 지역에 계신 분들은 태풍 피해가 없도록 각별히 유의하셔야겠습니다."

오후 4시 24분

차에서 집 현관까지 향하는 그 짧은 사이, 우산을 쓰긴 했지만, 쏟아지는 비를 막기에는 역부족이었다. 나는 집 앞에서 대충 빗물을 털어낸 후, 현관문을 열고 집으로 들어갔다. 현관에서 신발을 벗으며 아내와 하나를 연이어 불렀지만, 집 안에서는 아무런 소리도 들리지 않았다. 불은 환하게 켜져 있었지만 집 안에서는 정적에 가까운 공기가 흐르고 있었다. 평소에는 내가 퇴근을 하고 집 앞에 차를 대면 아내와 하나가 차 시동 끄는 소리를 듣고 현관에 나와서 나를 마중하곤 했다. 그리고 때로는 아내와 하나가 숨바꼭질을 하며 숨어 있을 때

교화도(絞花島) 이야기

도 있었다. 그러나 그때마다 나는 하나가 어디 숨어 있는지 금방 알 수 있었다. 단독주택이긴 하지만, 집의 평수가 그리 넓지 않았고, 무엇보다 하나의 장난기 가득한 웃음소리가 계속 새어 나왔기 때문이었다. 나는 어렸을 때 친구들에게 당했던 일 때문에, 숨바꼭질이라는 놀이를 별로 좋아하지는 않았다. 그러나 하나와 하는 것은 무엇이든 좋았다. 그래서 일부러 "못 찾겠다. 꾀꼬리!"를 외치며 웃음소리와 반대쪽으로 걸어가곤 했다. 그럴 때면 항상 하나의 웃음소리가 더 커지곤 했다. 하나는 아빠와의 놀이를 좋아했다.

그런데 오늘은 아내와 하나가 현관문에 나와 있지 않았다. 그렇다고 숨어 있는 하나의 웃음소리가 들려오는 것도 아니었다. 분위기가 달랐다. 적막이 흘렀다. 비 내리는 소음과 천둥소리만이 내 귀를 가득 메웠다. 나는 무언가가 잘못되었음을 직감했다. 손이 떨려왔다. 마음이 아려왔다. 떨리는 손을 애써 부여잡고, 내 모든 직감이 오해일 것이라고 스스로를 안심시키며 조심스럽게 안방 문을 열었다. 쇳덩이가 갈리는 것 같은 냄새가 나를 먼저 덮쳤다. 내 직감은 결코 나의 착각이 아니었다. 아내가 침대 위에 엎드린 채로 피를 흘리고 있었다. 이미 침대는 아내의 피로 붉게 물들여져 있었고, 아직 굳지 않은 핏방울이 침대 매트리스를 타고 바닥으로 계속 떨어지고 있었다. 나는 그 자리에 주저앉았다. 문자 그대로 사지가 떨려왔다. 현실 감각이 거의 제로까지 떨어졌다. 억지로 몸을 일으켰다. 무릎에 힘을 넣고 침대로 기어 올라가 이미 축 늘어진 아내를 품에 안았다. 아내를 안아 올리며 그녀의 몸을 나를 향해 돌리자 아내의 가슴에 꽂힌 날카로운 비수가 보였다. 나는 아내의 가슴에 박힌 칼을 잡고 어쩔 줄을 몰라 했다. 몇 분인가 지났을까? 놓쳤던 현실이 다시 나를 찾아왔다. 그리고 그제야 눈물이 터져 나왔다. 또한 얼마나 시간이 더 흘렀을까? 나는 미동조차 없는 아내를 끌어안고, 아내의 볼을 쓰다듬으며 계속 아내의 이름을 불렀지만, 아내는 아무런 대답도 하지 않았다. 이미 생명을 잃어버린 아내의 팔이 바닥을 향해 힘없이 떨어졌다.

그제야 하나가 생각났다. 나는 아내를 침대에 조심스럽게 내려놓고 이미 힘이 다 풀려버린 무릎에 억지로 힘을 넣어서 하나에게 달려갔다. 이미 내 몸도 아내의 피로 다 젖어 있었지만, 그딴 것이 신경 쓰일 리가 없었다. 하나의 방문을 열었다. 하나는 침대에 엎드려져 있었고, 그 작고 연약한 머리가 자신의 몸보다 더 큰 베개에 짓눌려져 있었다. 나는 하나의 머리를 괴롭히던 베개를 집어 던지고 품에 끌어안았다. 그러나 하나는 이미 그 어린 생명력을 놓은 후였다. 하나의 몸이 내 품에서 힘없이 축 늘어졌다. 체온을 잃어가기 시작한 하나를 안고 애타게 하나를 불렀지만, 하나는 아무런 대답이 없었다.

얼마나 울었을까? 문득 아내와 하나의 영혼이 나를 뒤에서 끌어안는 듯한 착각에 빠졌다.

오후 5시 52분

경찰차에 앉아 있었다. 눈물이 났다. 울음이 났다. 울분이 터져 나왔다. 아내와 하나의 마지막 모습이 계속 떠올랐다. 얼마나 울었

교화도(蛟花島) 이야기

을까? 얼마나 아팠을까? 아내와 하나가 마지막에 얼마나 아팠을지
……. 죽음의 고통에 시달리면서 하나가 얼마나 아빠를 찾았을지
……. 아내는 돌아오지 않는 남편을 얼마나 애타게 기다렸을지…….
그 사실이 계속 내 마음을 고통스럽게 했다. 눈에서는 눈물이 흘렀
고, 마음속에서는 핏물이 흘러내렸다. 내 속에서 눈물과 핏물이 뒤범
벅되었다. 신을 원망했다. 내 인생에 늘 훼방만 놓는 신을 비난했다.
남아 있던 나의 유일한 행복을 빼앗아 간 신을 저주했다. 내 모든 분
노는 어느새 신을 향하고 있었다. '수호신'이라는 개 같은 단어가 내
뇌리를 스치고 지나갔다.

아내와 하나의 시신을 수습한 구급차가 먼저 집을 떠났다. 지구대
장이 경찰차에 올랐다.

"양진교 씨, 일단 유진서 씨랑 하나 시신은 먼저 수습을 했습니다."

우리 섬에는 종합병원이나 시신안치소 같은 시설이 없었다. 아내
와 하나가 향할 곳은 보건소밖에 없음을 나는 알고 있었다. 보건소의
찬 바닥에 누워 있을 아내와 하나의 모습이 내 머릿속에 그려지자,
마치 가슴이 찢어지는 것 같은 통증이 나를 덮쳐왔다.

"진서가 비 맞는 걸 싫어해요. 부탁드려요. 우리 진서가 비 맞지 않
도록 도와주세요. 우리 하나가 춥지 않도록……."

"이런 일을 겪게 되셔서 진심으로 유감입니다."

"범인은 어떤 새끼입니까?"

내가 최대한 감정을 억누르고 물었다.

"일단 사건 현장은 최대한 원형 그대로 보존했습니다. 본청에 연
락해 놨으니까 오늘 태풍이 지나고, 내일 날이 개면 본청에서 수사

관들이 최대한 빨리 올 테니까요. 빨리 범인 잡아야죠. 개 같은 새끼
……."

지구대장이 담배에 불을 붙였다. 그리고 나에게도 담배를 권했다.
나는 그에게 담배를 받아 입에 물었다.

"잡을 수 있습니까?"

"잡아야죠! 다행이라고 말하기는 그렇지만, 그래도 사건 발생 당시
에 이 섬을 출입한 사람은 없어요. 곧 잡을 수 있을 겁니다. 꼭 잡아
야죠."

우리는 말없이 담배 연기를 목구멍으로 삼켰다.

'그래. 지금 이 섬을 드나들 수 있는 사람은 없다. 이곳은 거대한 밀실
이다. 용의자라고 해도 이 섬 주민들과 고작 여행객 몇 명이다. 잡을 수
있다. 경찰보다 내가 먼저 잡아서 쳐 죽일 것이다.'

"지금 이 상황에서 여쭤보기는 좀 그렇지만, 평소에 원한을 사거나
이런 일을 벌일 사람이 있을까요? 혹시 최근에 협박을 받았거나……."

말도 안 되는 이야기였다. 나는 말없이 고개만 저었다. 침묵이 다
시 우리를 감쌌다.

"소장님! 저희 마무리하겠습니다."

지구대 소속 순경이 차로 가까이 와서 지구대장에게 보고했다.

"그래! 얼른 마무리하고, 우리 집으로 가서 있을 테니까, 일단 감시
조 세워서 아무도 현장에 출입 못 하게 해라! 특히 주민들! 알겠지?
나는 일단 집에 들렀다가 다시 올게!"

"네! 알겠습니다!"

순경이 다시 우리 집 방향으로 뛰어갔다. 눈을 들어보니 경찰들이 우리 집에 폴리스라인을 치는 것이 보였다. 그리고 어느새 소문을 들었는지 몇몇 주민들이 몰려와 있었다.

"일단 지금 파출소는 지하에 물이 넘쳐서 못 들어가고요. 내일 날 밝을 때까지만 우리 집에 가 있죠. 아니면 어디 가 계실 곳이 있을까요?"

나는 고개를 저었다.

이미 다 떨어져 버린 교화(皎花)를 닮고 싶은 듯, 아내와 하나의 생명도 그와 같이 떨어졌다.

오후 6시 12분
————

태풍이 우리 섬을 덮치고 있었다. 나는 태풍을 원망했다. 아니, 원망할 수 있는 모든 것을 원망했다. 경찰차 창문에 몇 번이고 머리를 박았다.

오후 6시 28분
————

지구대장의 어머니가 우리 섬에서 민박집을 운영하고 있었다. 어머니는 나에게 방 한 칸을 내주었다. 그리고 나에게 갈아입을 옷을 가져다주었다. 여행객들이 남기고 간 옷이라고 부담 없이 편하게 입으라고 이야기했다. 내가 춥지 않도록 보일러도 넣어주었다. 그리고 요깃거리도 가져다주었다. 그러나 나는 옷을 갈아입을 생각도, 요깃거리로 허기를 달랠 생각도, 하지 않았다. 그냥 방의 한구석에 쪼그려 앉아 떠나간 아내와 하나를 기억하며 온몸으로 울기만 했다.

신이 과연 있을까? 신이 과연 존재한다면 어떻게 인간에게 이토록 잔인한 일을 허락할 수 있단 말인가? 행복하기만 한 인생도 길어야 100년도 못 채우고 죽음을 맞아야 하는 게 인간인데, 왜 신은 인간에게 불행과 고통을 허락하느냐는 말이다? 인간의 고통이 당신에게는 유희인가? 이렇게 고통에 몸부림치는 인간을 보며 당신은 재미있느냐고 나는 그에게 묻고 있었다. 나는 곧 신의 존재를 부정했다. 그리고 신을 원망했다. 그렇게 존재하지도 않는다고 믿는 신을 원망하는 아이러니의 어딘가를 계속 달려나갔다.

오후 8시 01분

울다가 지쳐 쓰러졌던가? 나를 민박집에 내려주고 우리 집으로 돌아갔던 지구대장이 다시 방으로 들어왔다. 그의 인기척에 나는 몸을 일으켰다.

"좀 어때요?"

나는 아무 대답도 할 수 없었다. 그가 내 곁에 와 앉았다. 그리고 곧이어 밖에서 대기하던 순경 2명도 그와 함께 방으로 들어왔다. 그들이 들어오면서 잠깐 열렸던 문틈 사이로 어렴풋이 경찰관들 몇 명이 문밖에서 서성이는 모습도 보였다.

"뭐 좀 먹어야죠. 옷도 좀 갈아입으시고……."

지구대장이 이미 다 식어버린 음식들을 바라보며 다시 나에게 말을 걸었다.

"어떻게 됐습니까?"

"외부에서 침입한 흔적은 없어요. 자세한 건 내일 본청에서 수사관들이 와서 진행할 거고요. 혹시 배가 안 되면 헬기라도 타고 오기로 했으니까……."

전술하였듯이 평소에 그와 나는 사이가 좋지 않았다. 우리가 섬으로 이사 온 후로부터 그는 종종 우리 가족에게 시비를 걸어오곤 했다. 대게는 '담배꽁초를 바닥에 버리지 말라.', '안전벨트를 하지 않았다.', '주민회의에 참석하지 않았다.' 등의 사소한 이유였다. 그는 섬의 다른 주민들에게는 들이대지 않는 엄격한 잣대를 우리 가족에게만 적용했다. 그 때문에 나는 몇 번인가 주차 위반 같은 걸로 벌금을 내기도 했다. 그랬던 그가 이제 와 구원자처럼 느껴졌다.

"그래서 범인은 어떤 새끼냐고요?"

나는 소리를 질렀다. 그는 고개만 저었다.

"뭘 어떻게 말씀을 드려야 할지 모르지만……."

그의 마른침 삼키는 소리가 빗소리보다 더 크게 내 귀에 날아와 꽂혔다. 그가 마른입을 떼어 다시 말을 이었다.

"외부에서 침입한 흔적도 없고, 지금 태풍 때문에 섬 주민들은 돌아다니지 않아요. 지금 뭍에서 온 사람들이라 봐야 낚시꾼 몇 명밖에 안 남았고요."

"그래서요? 하고 싶은 말이 뭡니까?"

방금까지 내가 구원자로 느꼈던 사람에게서 무언가 나에 대한 적
개심 같은 것이 느껴졌다.

"그리고 우리가 여러 가지 조사를 했는데……."

이번엔 내가 마른침을 삼켰다. 순경들이 나를 향해 약간 몸을 돌렸
고, 그들에게서 약간의 긴장감이 느껴졌다.

"양진교 씨, 당신을 故 유진서 씨에 대한 배우자 살해 혐의, 그리고
양하나 양에 대한 비속 살해 혐의로 긴급 체포합니다."

순간적으로 순경들이 나에게 달려들어 내 팔을 양쪽에서 붙잡았
다. 나는 발버둥 쳤지만 사내 둘의 힘을 이겨내기에는 역부족이었다.
나는 완전히 제압당하고 바닥에 엎드린 자세로 눕혀졌다. 육두문자
를 쏟아내며 그들에게 욕을 해댔지만, 그들은 꿈쩍도 하지 않았다.
지구대장이 내게 수갑을 채우기 위해 내 몸 위로 올라왔다.

"양진교 씨, 당신은 묵비권을 행사할 수 있으며, 지금부터 당신이
한 발언은 법정에서 불리하게 사용될 수 있습니다. 당신은 변호인을
선임할 수 권리가 있으며, 변호사의 도움을 받을 수 있습니다. 만약
당신이 변호사를 선임할……."

지구대장이 영화에서나 보던 대사를 지껄였다. 이것은 분명 공권
력의 오남용이었다. 선량한 시민에 대한 공권력의 부당한 행사였다.
멍청한 시골 경찰들이 범인을 잡을 능력이 되지 않으니까 나에게 누
명을 씌우고 몰아세운 것이었다. 아니면, 그저 그들은 전공에 눈이
먼 사냥개들일지도 몰랐다. 짧은 순간이었지만, 지구대장을 구원자

처럼 여긴 내가 다 한심스러웠다. 이대로 당할 수만은 없었다. 오늘
이 지나면 배가 들어온다. 범인이 이 섬을 빠져나가기 전에 내가 그
새끼를 잡아야 했다. 역시 경찰은 명청이들이라 믿으면 안 되었다.
그리고 혹시 몰랐다. 나를 잡은 이 경찰들 중에 한 새끼가 범인일 수
도 있는 노릇이었다. 나는 필사적으로 몸부림쳤다. 짧은 순간 고개를
돌려보니 내 오른쪽 팔을 잡고 있던 순경의 허벅지가 눈앞에 다가와
있었다. 나는 온 힘을 다해 그의 허벅지를 깨물었다. 이빨이 다 으스
러지는 느낌이었다. 고통 때문이었을까? 그가 뒤로 넘어지며 내 오른
팔이 풀렸다. 나는 온 힘을 다해 몸을 돌렸다. 그리고 이번엔 내 왼쪽
팔을 잡고 있던 순경의 팔을 물어버렸다. 순경의 팔에서 살점이 떨어
져 나갔다. 입에서 피 맛이 느껴졌다. 그러나 남의 고통 따위는 내 안
중에 없었다. 순경 둘이 내 몸에서 떨어지자 이번엔 지구대장 차례였
다. 나는 몸싸움 중에 뒤로 넘어진 지구대장을 향해 주먹을 날렸다.
내가 휘두른 주먹에 맞고 지구대장이 뒤로 쓰러졌다.

"내가 아니라고! 이 명청한 새끼들아!"

나는 온 힘으로 저항했다. 그리고 몸을 돌려 방을 나가려고 하는
순간, 마치 감전된 듯한 고통이 내 온몸을 감쌌다. 나는 그대로 바닥
에 쓰러졌다. 그리고 점점 멀어져 가기만 하는 나의 의식을 애써 잡
으려고 하고 있었다. 눈을 감았다.

의식을 잃어가면서도 나는 차라리 다시 눈을 뜨지 않기를 간절히 바
랐다.

AGAIN 2nd

"아빠."

꿈이었을까? 하나가 잠든 내 품으로 들어와 안겼다. 하나가 춥지 않도록 이불을 끌어당겨서 덮어주었다. 따뜻했다. 하나를 더 깊이 안았다. 분명 꿈이겠지만, 그저 꿈이라도 좋았다. 반쯤은 잠에서 깨어난 상태였지만, 절대 이 꿈에서 깨어나지 않을 것이라 다짐하고 또 다짐했다. 두 번 다시 내 품에서 하나를 놓치기 싫었다. 정신은 점점 또렷해지는데, 꿈에서 깨는 것이 두려워 다시 잠이 들기 위해 피나는 노력을 기울였다. 볼을 타고 눈물이 흐르기 시작했다.

"아빠! 답답해!"

하나가 나를 살짝 밀쳤다. 나는 반사적으로 눈을 떴다. 그리고 곧 내 눈앞에 도무지 믿을 수 없는 광경이 펼쳐졌다. 뜬 눈을 양껏 비볐다. 건조하게 말라버린 눈이 더 건조한 손을 만나자 마구 따끔거렸다. 여전히 나는 꿈을 꾸는 것일까? 그런데 꿈이라고 하기엔 하나의 체온과 숨결이 너무나 생생하게 느껴졌다. 너무 놀랐던 것일까? 나는 무의식적으로 하나를 밀어버렸다. 다행히 하나는 침대 밑으로는 떨어지지는 않았다. 나의 갑작스러운 행동에 놀란 하나가 칭얼거리기 시작했다. 나는 몸을 일으키고 현실 감각을 찾기 위해 노력했다. 여전히 내 눈에서는 그칠 줄 모르는 눈물이 흘러내리고 있었다.

"왜 애를 밀고 그래? 근데 자기 울어? 무슨 꿈이라도 꿨어?"

아내가 커튼을 걷으며 나에게 말을 걸고 있었다. 나는 마치 말하는 법을 잊어버린 사람 같았다. 그 순간 하나가 나에게 다시 달려와 고사리 같은 손으로 내 가슴팍을 쳤다.

"아빠! 미워!"

아팠다. 아파서 다행이었다. 나는 다시 하나를 안고 소리 내 울기 시작했다.

"아빠가……. 미안해! 아빠가…… 아빠가…… 잘못했어!"

아내가 침대 위로 올라와 내 이마에 손을 짚었다. 아내의 손이 차가웠다. 그 차가움이 좋았다.

"자기 열 있나? 도대체 왜 이러는 거야? 무슨 안 좋은 꿈이라도 꾼 거야?"

나는 남는 손을 뻗어 아내도 안았다. 아내가 징그럽다며 발버둥을

쳤다. 그러나 나는 아내를 놓아줄 마음이 전혀 없었다.

"아빠가 날 밀친 거 용서해 줄게. 이제 그만 울어! 뚝!"

하나가 내 가슴을 토닥거렸다.

"자기랑 하나가……. 자기랑 하나가……. 너무 보고 싶었어. 자기랑 하나가…… 하나가……."

차마 그 이상의 말을 입에 담을 수는 없었다.

"이제 그만 좀 놔! 답답해!"

아내가 내 손을 뿌리치고 침대에서 일어났다. 하나는 여전히 내 품에 안겨 나를 토닥거리고 있었다.

"도대체 무슨 꿈을 꾼 거야? 빨리 일어나! 태풍 온대! 유리창에 테이프 붙이고 우리 할 일 많아! 하나도 얼른 엄마한테 와! 씻고 학교 갈 준비하자!"

하나가 내 품을 떠나 엄마의 손을 잡고 밖으로 나갔다. 나는 제풀에 지쳐 다시 침대에 벌러덩 누웠다. 내가 겪은 그 생생한 하루가 꿈이었다는 것이 너무나 다행이었다. 그리고 이유는 모르겠지만, 약간의 허무함도 느꼈다. 정말 끔찍한 꿈을 꾸었다. 아내와 하나가 죽다니……. 하기야 정신을 차리고 조금만 생각해 보면 그것이 결코 현실에서 일어나지 않을 일이기는 했다. 입가에서 웃음이 조금 새어 나왔다. 그제야 눈물이 멈추기 시작했다. 나는 일부러 소리를 내서 더 크게 웃었다. 꿈이어서, 내가 경험한 모든 것이 현실이 아니어서, 정말 다행이었다.

교화도(蛟花島) 이야기

"아빠."

대충 옷을 구겨 입고, 거실로 나오니 하나가 다시 내 품으로 달려
왔다. 나는 하나를 양껏 안아주었다.

"아빠! 울보!"

하나가 더 이상 눈물이 흐르지 않는 내 볼을 쓰다듬어 주었다. 행
복했다. 사실 생각해 보면 행복은 별다른 곳에 있지 않았다. 아내는
거실의 창문에 투명 테이프를 붙이고 있었다. 아내가 테이프를 왜 창
문에 붙일까 라는 의문이 잠시 들었지만, 곧 내 기억이 되살아났다.
사실 어제까지만 해도, 태풍 수다의 경로는 유동적이었다. 만약 태풍
이 중국으로 상륙하면 좋겠지만, 그렇지 않고 한반도를 관통하면 새
벽에 일어나 태풍에 대한 대비를 해야 한다고 어제 아내가 이야기했
었다. 그리고 아내는 그것을 실천으로 옮기는 중이었다.

"여보, 일어났으면 이것 좀 해! 나는 하나 씻기고 아침밥 차려야 하
니까……."

아내가 테이프를 내 손에 넘기고 하나를 데리고 화장실로 들어갔
다. 그런데 꿈에서의 그 기억은 그럼 뭐지? 나는 분명 어제 서필이와
술을 마시지 않았다. 왜 꿈은 서필이와 술을 마셨던 기억부터 시작했
을까? 그리고 나는 왜 스스로를 의심하지 않았을까? 하기야 꿈속에
서의 자아는 믿을만한 것이 아니긴 했다. 쓴웃음이 나왔다. 그런 개
꿈이 진짜라고 믿고 밤새도록 꿈속을 헤매고 다녔을 내 모습이 웃겼
다. 상식이 파괴된 세상. 그것이 꿈이다. 나는 그렇게 내게 남아 있던

일말의 찜찜함을 짓이겨 버렸다.

오전 7시 42분

씻고 나오니 아내와 하나가 아침밥을 먹고 있었다. 나는 식탁의 내 자리로 가서 앉았다. 아침밥은 미역국이었다. 나는 정말 좋은 아내를 두었다. 밥술을 뜨기 전에 리모컨을 가져다가 TV 채널을 이리저리로 돌려보기 시작했다.

"정신없게 뭐 해?"

아내가 그런 나의 행동을 제지했다. 다행히 TV의 어떤 채널에서도 내가 꿈에서 보았던 그 끔찍한 사건에 대해 보도하지 않았고, 온통 태풍과 관련된 특보만 흘러나오고 있었다. 역시 꿈은 꿈이었다. 나는 더욱 안심했다. 순간, 하나가 TV를 향해 몸을 돌리려고 하다가 실수로 국그릇을 쳤다. 나는 반사적으로 몸을 일으켜 쏟아지려는 하나의 국그릇을 잡았다. 이건 꿈과 같았다. 아내가 하나를 혼내고 나를 칭찬했다. 하나는 애꿎은 바람을 탓했다.

오전 8시 37분

아내와 하나를 차로 학교 앞에 데려다주었다. 운전은 내가 했다. 아내는 운전하는 것을 좋아해서 간혹 아내가 운전할 때도 있었다. 오

교화도(咬花島) 이야기

늘도 아내는 자신이 운전하길 원했다. 그러나 오늘은 무조건 내가 운전을 하겠다고 우겼다. 교문에 가까이 다가갈수록 마음이 불안해졌다. 꿈이라는 것을 알기는 했지만……. 하나가 쏟았어야 할 국그릇 때문이었을까? 나는 내 안에 잔존해 있던 일말의 불안함도 없애고 싶었다. 무언가 변화를 주고 싶었다. 학교에 점차 다가가자 나는 무의식적으로 주변을 두리번거렸다. 아내가 뭘 그렇게 찾느냐고 물어봤지만 나는 대충 얼버무렸다.

꿈과 달랐다. 한지철 선생님이 교문 밖에 나와 있지 않았다. 다행이었다.

오전 8시 49분

오늘은 부둣가로 나가지 않았다. 갑자기 태풍이 진로를 바꾸는 바람에 어민들이 나와서 어선들에 대한 보호 조치를 하고 있을 것이 뻔했다. 그리고 굳이 그곳에 가서 어촌계장님과 지구대장을 마주치고 싶지도 않았다. 비록 그것이 자주 있는 일이었다고 해도, 또한 그것이 우연의 일치라고 해도 두려웠다. 그래서 오늘은 우체국 앞에서 담배를 태웠다.

오전 8시 55분

"오늘도 배가 안 들어올 모양이네요?"

꿈과 다르게 하고 싶었다. 그래서 사무실로 들어서면서 내가 먼저 이 말을 꺼냈다. 원래 꿈에서는 국장님이 이 말을 했었다.

"안 그래도 부둣가에 난리더라고!"

"아! 그럼 다음 배에 엄청 몰려서 들어올 텐데!"

국장님과 현중이가 이미 내가 알고 있던 대답을 해왔다.

다르길 바랐는데……. 그런데 젠장…….

그리고 곧 내 눈에 들어온 장면. 잠깐이었지만 나는 숨이 멎는 것 같은 통증을 느꼈다. 내 앞에 펼쳐진 사무실의 광경이 꿈에서 본 것과 완전히 똑같았기 때문이었다. 국장님과 현중이가 사무실 TV로 미국프로야구를 보고 있었다. 마지성 선수가 등판한 경기였다. 나는 마음을 가다듬고 최대한 이성적으로 생각하기로 했다. 오늘 마지성 선수의 등판 일정은 며칠 전부터 알고 있었던 사실이었다. 현중이가 워낙 야구 골수팬이라 매일 떠들고 다녔기 때문이다. 그래서 마지성 선수가 경기에 등판했다는 것이 내 꿈과 같다고 해도 크게 놀랄 일은 아니었다. 그리고 남자 셋이 근무하기 때문에 일이 없을 때, 우리는 자주 TV를 틀어놓고 축구나 야구 등의 스포츠를 즐긴 것도 사실이었다. 나는 그렇게 애써 마음을 다독였다.

그러나 내가 TV를 보고 또다시 놀랄 수밖에 없었던 것은 마지성 선

교화도(皎花島) 이야기

수가 처한 경기 상황이 내 꿈과 너무나도 유사했기 때문이었다. 꿈에서 마지성 선수는 팀이 1:0으로 앞선 상황에서 9회 말에도 마운드에 올랐었다. 그리고-적어도 내 기억이 맞는다면-꿈에서 나는 9회 말 1사 때부터 TV를 보기 시작했다. 모든 것이 소름이 돋을 정도로 똑같았다. 의식해서일까? 손에서 땀이 나기 시작했다. 상대 타자가 타석에 들어섰다. 타자가 초구에 손을 댔다. 평범한 유격수 땅볼.

젠장!

이제 한 타자만 남았다. 마지막 타자가 들어섰다. 그는 상대 팀의 4번 타자였다. 가슴이 두근거렸다. 우리나라 선수 최초의 메이저리그 노히트노런 기록 따위는 이제 안중에도 없었다. 1구와 2구는 모두 파울이었다. 그리고 마지막 3구. 바깥쪽으로 낮게 제구된 변화구가 홈 플레이트로 날아들었다. "딱!" 타자가 휘두른 배트의 중심에 공이 날아와 맞았다. 나에게는 모든 것이 느린 화면처럼 느껴졌다. 공은 허공을 뚫고 날아가 좌측 펜스를 훌쩍 넘어가 버렸다. 1:0의 불균형을 깨는 홈런이었다. 마지성 선수가 자리에 주저앉았다. 일어서서 TV를 보던 나도 다리에 힘이 풀려서 자리에 주저앉았다.

역시 꿈과 현실은 달랐다. 아니, 어쩌면 꿈의 모든 내용을 명확하게 기억한다는 것 자체가 어불성설일지도 몰랐다. 역시 꿈은 꺼져버린 기억 속의 어딘가에 머무는 것이 미덕이다.

오전 9시 30분

잠이 오지 않았다. 꿈에서는 이 시점에서 잠을 잔 것 같았는데……. 하기야 꿈에서 잠을 잔다는 발상 자체가 웃기기는 했다. 국장님의 사무실 전화가 울렸다.

"네? 지방청에서요? 아니! 갑자기 그런 게 어디 있습니까?"

상대와 몇 마디 주고받던 국장님이 상당히 기분이 상한 채로 전화기를 내려놓았다.

"무슨 일 있어요?"

현중이가 국장님에게 물었다.

"아니! 강원동부지방우정청에서 감사를 나온다고! 본청에서 자기들 자료까지 우리보고 대신 만들어 달라고 하네! 우리가 자기들 일 대신하는 사람들도 아니고……. 우리가 이미 분기마다 보내는 보고 자료는 대체 어디에다 뒀는지……. 때마다 이게 무슨 짓이야?"

평소 같았으면 나도 같이 화를 냈겠지만, 나는 오히려 이 상황이 좋았다. 모든 것이 꿈과 달랐기 때문이었다. 이런 일이 계속 반복될수록 내 맘은 조금씩 안정을 찾아갔다.

오전 9시 45분

"현중아, 너 혹시 예지몽이라고 아냐?"

내가 옆자리의 현중이에게 물었다. 현중이는 마지성 선수의 노히

교화도(鮫花島) 이야기

트노런 기록이 무산되고, 본청에서 불합리한 업무지시까지 떨어진 터라 기분이 많이 안 좋아 보였다.

"뭐 미래를 예지하는 꿈인가 그거요? 근데 그건 왜요?"

"너 예지몽이란 게 진짜로 있다고 생각해?"

"과장님! 그런 게 어디 있어요? 다 TV에서 시청률 올리려고 드라마나 예능 작가들이 지어낸 거예요!"

"그치?"

"그런데 왜요?"

"아! 아니야! 아무것도!"

말로 표현할 수 없는 찜찜함이 계속 나를 감쌌다. 그러나 그렇다고 딱히 무언가를 하기엔 할 수 있는 것도 사실 없었다. 답답했다.

오후 1시 25분

당장 급한 서류 작업을 하느라 늦게서야 점심을 먹었다. 꿈에서 갔던 식당이 아니라 일부러 다른 식당을 찾았다. 태풍 때문에 영업하는 곳이 많지 않아서 식당을 찾는 것도 일이었다. 식사를 마치고 국장님과 현중이가 먼저 사무실로 들어가고 나는 밖에서 담배를 태우고 있었다.

"조현병 30대 아들, 60대 어머니 살해 후, 태연히 PC방행"

핸드폰을 켜지 말았어야 했을까? 아니면 최소한 인터넷 기사를 뒤적거리지 말았어야 했나? 온몸에 소름이 돋았다. 떨리는 손으로 기사를 열었다. 젠장⋯⋯. 내가 꿈에서 본 것과 기사의 내용이 명확하게 일치했다. 머리가 복잡해졌다. 설마 꿈이 아니었나? 아니! 꿈이라도 예지몽이 아니었을까? 손에 힘을 잃고 담배를 바닥에 떨어뜨렸다. 생각을 먼저 정리하기로 했다.

'일단 꿈과 지금이 동일한 건, 태풍이 한반도로 진로를 바꾸었다는 것, 그리고 아내와 하나는 등교를 하고, 나는 출근을 했다는 것, 그리고 방금 그 기사, 이 정도인 것 같다. 차이가 있는 건, 집에서 창문에 테이프를 붙였다는 것, 그리고 마지성 선수의 노히트노런 기록이 깨졌다는 것, 그 정도일까? 아! 맞다. 서필이! 나는 꿈에서는 어제 서필이랑 술을 마셨다고 했다. 그런데 나는 사실 서필이랑 술을 마신 적이 없다. 아! 그리고 꿈에서 서필이는 내가 꿈에서 하루가 반복된다는 이야기를 했다면서⋯⋯. 바보같이 나는 왜 그 사실을 까맣게 잊고 있었지? 그래! 서필이라면 뭔가 알고 있을지도 몰라!'

나는 기사를 닫고 서필이에게 전화를 걸려고 했다. 그런데 생각지도 못했던 현실이 다시 나를 막아섰다. 서필이라는 이름을 가진 사람은 내 핸드폰 연락처에 없었던 것이다. 누군가가 마치 내 기억 속에서 서필이라는 이름을 억지로 지운 것 같은 느낌이었다.

'그런데 서필이가 누구지? 내 친구 중에, 그리고 이 섬에 서필이라는

사람은 없는데?'

'그런데 왜 난 이 사실을 떠올릴 생각조차 하지 않았지? 마치 누군가 생각을 막아버린 것처럼?'

심장이 털썩 내려앉았다.

'그렇다면 내가 꿈에서 통화를 한 사람은 누구지? 하루가 반복?'

'생각해 보면 그래 맞아! 내가 둘의 차이점이라고 생각한 모든 것은 누군가의 생사와는 전혀 상관이 없는 일이야! 이래도 저래도 상관없는 일! 그런데 그 기사! 할머니가 죽었잖아? 혹시 인간의 생사에 관련된 일은 차이가 없는 것 아닐까?'

'그러면…… 정말로 오늘 아내와 하나가 죽는 것일까?'

생각이 여기에 미치자 초조함이 내 온몸을 휘감았다.

오후 1시 30분

때마침 핸드폰이 울렸다. 아내였다.

"어! 여보!"

최대한 침착하려고 애를 썼다.

"응! 우리 지금 학교 끝나서 집에 가려고……. 자기는 일 끝났어?"

"응! 아직! 아! 여보, 혹시 자기 내 친구 중에 서필이라고 알아? 아니면 이 섬에 사는 사람들 중에 그런 이름을 가진 사람이 있었나? 혹시 기억나?"

'아내라면 혹시 알고 있지는 않을까?'

"서필 씨? 몰라? 난 처음 듣는 것 같은데?"

"여보, 잘 들어! 내가 갈 테니까 잠깐만 학교에 있어! 알겠지?"

"응? 아니야. 스쿨버스 기다리고 있어. 버스 타고 가면 돼. 자기 일 끝나고 올 때 부추 한 단이랑……."

아내의 말이 이어지는 것이 두려웠다. 명확히 말하자면, 아내가 하는 말이 내가 기억하는 말과 동일한 것일까 봐 그것이 두려웠다.

"아니야! 절대 거기서 움직이지 마! 자초지종은 나중에 내가 가서 이야기할 테니까!"

자꾸만 마음이 급해졌다. 나는 아내에게 본의 아니게 언성을 높였다. 아니, 높여야만 했다.

"왜 그래? 무슨 일 있어?"

"지금 급하니까 일단 거기 있어. 그리고 같이 있을 사람 있나? 하나랑 둘이서만 있지 말고!"

"경비 아저씨 계시니까, 경비실에 있으면 되긴 하는데……. 근데 자기, 무슨 일 있냐고?"

"그럼 경비실에 아저씨랑 같이 있어. 누가 뭐라고 그러면 잠깐 비피하겠다고 대충 둘러대고! 내가 차 가지고 최대한 빨리 갈 테니까! 절대 거기서 움직이면 안 돼! 알겠지?"

교화도(鮫花島) 이야기

아내에게 자세한 것을 말할 겨를도, 경황도 없었다. 그저 나의 설득력 없는 설명에 동의해 준 아내가 고마웠다. 만약에 서필이라는 이름의 악마가 말한 대로 하루가 반복되고 있다면, 아내와 하나는 오늘 죽는다. 만약 시간마저 일치한다면, 오후 2시에서 4시 사이……. 어떻게 해서든 막아야 했다.

오후 1시 35분

우체국으로 달려와 내 차에 올랐다. 나는 답답한 마음에 몇 번이고 핸들을 내리쳤다. 정말 서필이는 악마였을까? 어쩌면 그는 아내와 하나를 살리라고 하늘에서 보낸 천사였을까? 그 사실을 인식하지 못하고, 꿈과 현실 사이의 작은 차이들에만 의존해서 '아니겠지?'라며 스스로의 위안거리만을 찾아 헤맸던 나 스스로가 참 바보 같았다. 그래도 다행인 건 아직은 기회가 있다는 사실이었다. 아내는 일단 안전하다. 학교에는 스쿨버스를 기다리는 다른 학생들도 있고, 한지철 선생님도 있고, 다른 선생님들도 있고, 경비 아저씨도 있다. 무엇보다 아이들의 등하굣길 안전을 책임지는 학교전담경찰관도 아직 근무하고 있을 시간이었다. 그에 비해 우리 집은 민가와 동떨어져 있었다. 외부의 위험으로부터 누구도 안전을 보장할 수 없는 지리적 위치였다.

공권력의 도움이 필요했다. 꿈에서 나에게 누명을 씌워 체포했던 인간들에게 도움을 요청한다는 것이 아이러니하기는 했지만, 나는 별다른 선택지를 가지고 있지 않았다. 먼저 파출소에 들르기로 했다.

어차피 학교로 가는 길에 파출소가 있었다. 지구대장이 내 말을 믿고 학교전담경찰관에게 전화 한 통만 해줘도 큰 힘이 될 것 같았다.

일단 아내와 하나가 집으로 향하는 것을 막아야 했다. 아내와 하나는 결코 오늘 죽지 않는다!

오후 1시 44분

파출소로 차를 몰았다. 가속 페달을 지나치게 밟았을까? 빗길에 차가 자꾸 미끄러지는 것 같았다. 그러나 아랑곳하지 않았다. 가는 길에 아내에게 한 차례 더 전화를 걸었다. 아내는 지금 경비실에 있고, 학교전담경찰관과 같이 있다고 했다. 나에게 자꾸 무슨 일이냐고 물어왔지만, 어떤 대답을 해야 할지 떠오르지 않았다. 일단 안전하게만 있으라고 이야기했다.

오후 1시 46분

젠장……. 파출소에 도착하자 경찰관들이 건물 지하에서 물을 퍼내고 있는 모습이 처음으로 눈에 들어왔다. 지구대장이 허락도 없이 내 꿈속에 기어들어 와 지껄였던 상황과 동일했다. 파출소 건물뿐만 아니라 이 일대의 다른 건물들도 이미 물난리를 치르고 있는 중이었

교화도(蛟花島) 이야기

다. 때문에 소방관들도 모두 몰려와 구조 활동을 펼치고 있었다. 이들 대부분은 우산을 들기는커녕 우비조차 제대로 갖춰 입지 못한 상태였다. 그러나 남의 처지까지 이것저것 따질 겨를이 없었다. 나는 아직 물이 차오르지 않은 길가에 대충 차를 세워두고 파출소 건물로 달려가서 지구대장을 찾았다. 우산 따위는 필요 없었다. 다행히 때마침 건물 지하에서 올라오던 지구대장과 바로 대면할 수 있었다. 그에게 내가 경험했던 일에 대해 이야기했다. 물론, 당신이 나를 체포했었다는 이야기는 하지 않았다. 나를 방해꾼 정도로 여기는 주변 사람들의 시선이 느껴졌지만, 나는 아랑곳하지 않았다.

"양진교 씨는 지금 이 상황이 눈에 안 보여요?"

나의 이야기를 듣는 둥 마는 둥 하던 그가 혀를 차며 내 말을 끊었다.

"네?"

나는 간절했다.

"지금 그딴 장난을 하고 싶어요? 이 난리통에? 지금 당신 눈에는 얼마나 많은 주민들이 다치고, 삶의 터전을 잃었는지가 안 보여요? 근데 꿈에서 사람이 죽은 걸 나보고 어쩌라고요?"

지구대장이 언성을 높였지만, 나는 인지하지 못했다.

"장난이 아니에요! 제발 오늘 경찰 한 분만이라도 우리 집에……."

"그 입 닫아!"

그의 외침이 빗속을 뚫고 뻗어 나갔다. 나는 할 말을 잃었다.

"우리 섬에 처음으로 사람이 정착해서 살기 시작한 것은 임진왜란이 끝난 직후야. 그 후로 수백 년 동안, 우리 섬에서는 살인 사건이 한 번도 발생한 적 없다고! 알아들어? 그래서 내가 당신 같은 외지 사람들을 싫어해! 당신 같은 사람들이 몰려오면 꼭 무슨 사건이 생기거든! 평온했던 우리 섬에 외지인만 들어오면 싸움질하고! 술 처먹고 난리 피우고! 도둑질하고! 살인? 그래! 그동안 아무리 외지인이 많이 들어왔어도 살인 사건 같은 건 단 한 건도 발생한 적 없었다고! 알아들어?"

그의 말이 짧아졌다.

"제발요. 오늘 딱 하루만 우리 가족을 지켜주시면 저도 내일부터는 나와서 도울게요! 네?"

"꺼져! 우리가 오전에 도와달라고 요청할 때는 모른 척하더니! 이제 와서? 꺼지고……. 두 번 다시 내 눈앞에 띄지 마! 이래서 내가 뭍에서 온 새끼들을 못 믿는 거야! 이기적인 새끼들!"

억울했다. 나는 누구에게도 경찰이 도움을 요청한다는 이야기를 들은 적이 없었다. 그가 냉정하게 돌아서서 파출소 건물 안으로 들어가 버렸다. 나도 참을 만큼 참았다. 돌아서는 그의 등 뒤에 대고 온갖 육두문자를 해댔지만 그는 결코 뒤돌아보지 않았다. 근처에 있던 경찰관들과 소방관들, 그리고 주민들이 나에게 냉소를 날렸다. 나는 철저하게 혼자였다.

"그러고도 당신이 경찰이야? 오늘 밤에 우리 가족이 죽을 거라고! 알기나 해?"

누구도 내 말을 믿지 않았다. 경찰관들도, 소방관들도, 이재민들도, 다들 자기 살기에만 바빴다. 그러나 이 이기적인 인간들과 싸우고 있을 수만은 없었다. 아내와 딸이 죽음의 위험을 마주한 상황에서 나를 애타게 기다리고 있는 중이었다.

교화도(蛟花島) 이야기

드디어 다시 아내와 하나를 만났다. 이번엔 살아 있었다. 그것이 꿈이었는지 반복된 하루였는지 모르지만, 그래도 작은 변화가 만들어진 것 같았다. 하나는 경비아저씨에게 잠시 맡겨두고 아내와 경비실 밖으로 나왔다. 다행히 비를 막아줄 처마와 벤치가 있어 그곳에 가서 앉았다. 나는 아내에게 그간 내가 겪었던 일에 대해 진심을 다해 설명했다. 아내는 머리를 쓸어 넘겼다. 아내의 이 행동은 무언가를 고심할 때 아내가 무의식적으로 하는 행동임을 나는 알고 있었다.

"믿을 수도 없고, 안 믿을 수도 없네."

"믿어달라고 안 할게. 근데 우리 도망가야 돼. 오늘 딱 하루만 내 말대로 해주면 안 돼?"

나는 무릎이라도 꿇고 싶었다.

"나도 죽고 싶지는 않아……. 근데 어디로 갈 건데? 경찰관도 소방관도 당신이 하는 말 안 믿는다며? 그렇다고 남의 집에 함부로 들어가서 하루만 재워달라고 할 수도 없잖아!"

"이대로 학교에 계속 있는 건? 아니면 경비아저씨한테 부탁해 볼까? 아니면 한지철 선생님 있잖아! 교사 사택에 가 있는 건 어때?"

학교에 8명의 선생님이 근무하는데, 나머지 분들은 다 우리 섬에 사는 분들이었고, 한지철 선생님만 외지 출신이라, 사택은 한지철 선생님만 사용했다. 현재는 사택 한 동이 비어 있는 상태라 난 그곳을 떠올렸다.

"그건 내가 싫어!"

아내는 단호했다.

"응? 왜?"

"아니야! 안 돼!"

아내의 눈가가 살짝 떨려오고 있음을 나는 눈치채지 못했다. 아내가 말을 이었다.

"당신 말이 사실이라면 범인이 누군지도 모르잖아. 이런 상황에서는 아무도 못 믿는 거 아니야? 잘못하다가는 호랑이 입속으로 걸어 들어가는 꼴일 수도 있어."

맞는 말이었다. 여차하면 자신이 죽을지도 모르는 상황에서도 아내는 침착했다. 그리고 사실 나도 딱히 정답을 가지고 있는 것은 아니었다. 차를 타고 어딘가 숨어 있을까 아니면 어디 근처 식당에라도 숨어 있을까도 생각했지만, 태풍이 오는 상황에서 차는 차대로 위험할 것 같았고, 우리 섬에는 24시간 운영하는 가게도 없었다. 그리고 도망간다고 모든 것이 해결된다는 보장도 없었다. 우리를 보호해 줄 수 있는 경찰과 소방대원들은 스스로를 구원하는 것에만 몰두할 뿐이었다.

"용찬이네는? 용찬이가 그런 짓을 할 리도 없고……."

내 제안에 아내는 고개만 저었다. 용찬이네는 우리보다 한 해 먼저 이 섬에 이주해 온 신혼부부였다. 우리 두 가정 모두 기존의 섬 주민들에게 꽤나 심한 따돌림을 당하고 있어서, 우리끼리 통하는 면이 많았다. 아내는 다시 고개를 저었다. 하기야 말하는 나도 찜찜하긴 했다. 다른 무엇보다 용찬이 내외가 우리를 믿어줄 것이라고 기대하지 않았기 때문이었다.

"당신이 우리 지켜줘."

교화도(皎花島) 이야기

아내의 당연한 이야기가 왠지 의외의 제안처럼 느껴졌다.

"응?"

"생각해 봐! 지금 나랑 하나를 지킬 사람은 당신뿐이잖아! 그리고 우리 섬에 널린 게 민박집이야. 거기에는 아직 남아 있는 관광객들도 있고……. 그리고 그 지구대장네 엄마가 하는 민박집도 있잖아. 지구대장이 근처에 살고 있는데 범인이 거기까지 찾아오겠어? 안 그래?"

"거긴 내가 싫어!"

또 다른 하루를 살 때, 나는 그곳에서 체포를 당했었다. 그래서 싫었다.

"꿈 때문에? 괜찮아. 꿈에서는 거기를 자기 혼자 갔지만, 이번엔 나랑 하나랑 같이 가잖아. 아침에 하나 국그릇을 오빠가 잡았다고 했지? 그럼 우리의 운명도 바꿀 수 있을 거야. 하늘이 당신에게 힌트를 준 것일 수도 있어."

아내가 손을 뻗어 내 머리를 쓰다듬었다. 아내의 말은 설득력이 있었다. 아내가 찾은 대안이 우리 가족이 살 수 있는 유일한 길이라는 생각이 들었다. 아내를 끌어안았다. 아내도 내게 깊숙이 안겨왔다. 민박집으로 출발하기 전에 학교 기자재실에 들러서 알루미늄 야구 배트를 챙겼다.

오후 2시 12분

그 시간이 다가와서일까? 운전대를 잡은 내 손이 자꾸 떨려왔다.

뒷자리에 앉은 아내가 내 어깨를 주물러 줬다. 그리고 나를 보고 미소를 지었다.

"여행 간다고 생각하자. 우리 이번 여름에 휴가도 못 다녀왔잖아. 마트에 들러서 고기도 좀 사고……. 알겠지?"

아내가 나를 보며 웃었다. 하나는 어느새 새근새근 잠을 자고 있었다. 조금은 긍정적으로 생각하려고 노력했지만, 얼굴에 미소가 지어지지 않았다.

오후 2시 30분

마트에 들렀다. 반복된 하루를 살 때 갔던 마트는 가지 않고, 일부러 민박집 근처에 있는 마트를 들렀다. 우리 섬에서 가장 큰 마트였다. 고기도 사고, 하나가 좋아하는 과자도 샀다. 아내는 아이스크림을 골랐다. 술은 사지 않았다. 이런 날에도 술이 생각난다면 내가 미친놈이겠지! 하나가 집에 가고 싶다고 보챌 줄 알았는데, 여행을 간다고 하니 오히려 좋아했다. 하루 종일 빗속을 다닌 탓에 우리 모두 갈아입을 옷이 필요했지만, 집에는 들르지 않기로 했다. 다행히 마트에서 속옷이랑 파자마 같은 것을 팔아서 당장 필요한 물품은 구입할 수 있었다. 이 와중에도 하나는 새로 산 자기 파자마가 마음에 안 든다고 칭얼거렸다.

교화도(皎花島) 이야기

오후 2시 58분

다행히 민박집에 관광객들이 많지 않아 어렵지 않게 방을 구할 수 있었다. 관광객들이 쓰는 방과 너무 멀리 떨어지지는 않은 곳으로 우리 방을 정했다. 반복된 하루 때 내가 체포됐었던 방은 일부러 피했다. 그냥 싫었다. 우리가 묵을 방은 비명소리가 들리면 누구라도 달려올 수 있는 위치였다. 비명소리를 들은 그 누군가가 이기적인 인간은 아니길 바라고 또 소원했다.

내가 경험했던 일이 꿈이 아닌 사실이었다면, 아내와 하나가 살해당했을 시간이 다가오고 또 흘러가고 있었다. 불안하고 초조했다.

오후 4시 06분

"현재 한반도를 관통하는 태풍 수다는 내륙에서도 최대 풍속 30m/s를 유지하면서 여전히 위력을 떨치고 있습니다. 서울을 비롯한 수도권에서는 인명 및 재산 피해들이 속속히 집계되고 있습니다. 다시 말씀드립니다. 태풍 수다는 현재 강원도 초입을 지나가고 있으며, 금일 오후 6시경에 강원도를 지나 동해상으로 빠져나가겠습니다. 이 지역에 계신 분들은 태풍 피해가 없도록 각별히 유의하셔야겠습니다."

태풍은 가까이 오고 있고, 아내와 하나의 사망 추정 시간도 지나가고 있었다.

'이제 다 괜찮을 것일까? 정말 그저 꿈이었던 것일까?'

오후 5시 18분

가까운 관광지라도 다녀오고 싶었지만, 환경이 허락하지 않았다. 태풍이 가까이 올수록 바람은 더욱 거세졌다. 민박집의 언덕 바로 아래 있는 바다가 우리를 삼킬 것처럼 화를 내고 있었다. 짧은 순간이었을까? 바다가 나를 집어삼키는 것 같은 착각에 빠졌다. 진짜 바다에는 악마가 사는 것일까?

다행히 민박집 안에는 실내 활동을 즐길 수 있는 공간이 따로 마련되어 있었다. 허름하긴 했지만, 실내 풋살장이 있어서 공을 차며 시간을 보낼 수 있었다. 탁구대가 있어 탁구도 치고, 몇 가지의 보드게임도 구비되어 있어 시간을 보내기에 안성맞춤이었다. 아내의 말처럼 여행을 온 것 같은 기분도 약간 들었다. 마음 한편의 불안함만 아니었다면, 이 시간을 나는 매우 행복하다고 느낄 수 있을 것 같았다. 그래도 역시나 내게 시간은 매우 더디게만 흘러갔다.

관광객들이 우리 주변을 계속 돌아다녔다. 그중에 한 새끼가 범인일 수도 있는 일이었다. 나는 결코 긴장을 늦추지 않았다. 하나가 숨바꼭질을 하자고 계속 보챘다. 그러나 범인이 우리와 한 공간에 있을

교화도(咬花島) 이야기

가능성을 완전히 배제할 수 없었기 때문에, 일순간도 하나를 내 시야 밖에 둘 수는 없었다.

저녁을 먹으려고 실내에 마련된 바비큐장으로 이동하는데 누군가 우리 앞을 가로질러서 지나갔다. 행색을 보니 관광객이나 낚시꾼들 중 한 명인 것 같았다. 집배원으로 일하는 나는 우리 섬의 대부분의 주민을 알고 있었다. 더군다나 이 민박집이 있는 교화읍은 내 배송 구역이었다. 내가 모르는 사람이 있을 리가 만무했다. 그런데 그 낚시꾼은 분명 내가 모르는 외지인인데, 왠지 모르게 낮이 익은 사람처럼 느껴졌다. 그래서 바비큐장으로 들어가면서 뒤돌아서 그를 다시 쳐다봤지만, 도무지 기억이 나지 않았다. 떠오르지 않는 기억. 그것이 잠시 나를 괴롭혔다. 그저 내가 신경이 많이 날카로웠던 탓이었을까? 뭔가 기분이 좋지 않았다.

오후 6시 05분

아내는 오랜만에 밖에서 고기를 구워 먹으니까 맛있다고 연신 칭찬을 했다. 이미 범인이나 살인마 따위는 잊은듯했다.

'하기야 나도 안 믿기는데 아내에게 내 믿음을 강요할 수는 없겠지 ……'

태풍은 우리 머리 위를 지나가고 있었다.

오후 8시 12분

이미 태풍은 우리를 떠나갔다. 그리고 거짓말처럼 비가 멈췄다. 며칠 만일까? 태풍이 지나간 하늘 위로 별들이 떠올라 하나둘씩 자신의 존재감을 뽐내기 시작했다. 여전히 파도는 높았다. 어둠 속에서 밀려온 파도가 하얀빛을 내며 바위틈에서 깨지고 있었다.

하나가 일찍 잠자리에 들었다. 실컷 뛰어놀았으니 그럴 만도 했다. 아내와 조용히 테라스로 나왔다. 그리고 테이블에 커피를 올려놓고 서로 마주 보고 앉았다. 평소 같았으면 맥주를 놓았겠지만, 오늘은 믹스커피면 족했다.

"결국엔 별일 없었네?"

아내가 커피를 마시며 말했다.

"당신도 계속 신경 쓰고 있었어?"

"당연하지! 오늘 죽는다는데 그걸 신경 안 쓸 사람이 어디 있어?"

사실 아내와 이런 시간을 가져본 지도 오래되었다. 사업에 실패하고, 돈에 질리고 사람에 지쳐서, 우리 내외는 결국 이 섬까지 도망을 와야 했다. 그리고 그간 빚을 갚기 위해 고군분투했다. 그것이 우리 삶의 전부였다. 문득 아내에게 미안해졌다. 아내가 말을 이었다.

"그래도 자기 기억이랑 완전히 달라졌지? 이제 괜찮을 것 같아?"

아내의 말에 난 머쓱해졌다. 왜 그랬는지는 모르겠다. 꼭 거짓말하다가 들통 난 사람 같았다. 나는 말없이 커피만 홀짝거렸다.

"근데, 여보! 그 반복된 하루가 진짜 사실이었다면 범인이 누구였을까?"

교화도(蛟花島) 이야기

난 역시나 말없이 고개만 저었다. 아내가 말을 이었다.

"잡범이었겠지? 도둑이었거나? 하기야 원한 때문이었다면 지금쯤 결과가 달라지지 않았을까? 우리한테 원한을⋯⋯."

순간적이었지만, 아내의 눈이 허공에 잠시 머물렀던 것을 나는 인지하지 못했다.

"끔찍한 소리 하지 마!"

아내의 말을 더 듣고 싶지 않았다. 의도했던 것은 아닌데 무의식중에 내 언성이 높아졌다.

"미안해. 괜히 목소리가 높아졌네."

그리고 곧바로 사과했다. 아내가 미간을 살짝 찡그림으로써 내게 핀잔을 주었다.

"근데 내일이 와도 우리 안심할 수 있을까?"

말을 돌리고 싶었다. 내가 아내의 손을 잡으며 이야기했다. 아내는 맞잡은 내 손에 남은 손 하나를 더 올려놓았다.

"나도 그 생각을 하긴 했어. 그래서 생각해 봤는데, 어차피 내일부터 주말이고, 다음 주에 하루 이틀 연차 붙여서 쓴다고 생각하고, 한 며칠 엄마네 집에 가 있을까 싶어. 내일부터는 여객선도 운항할 거고⋯⋯. 엄마 집에 안 간 지도 오래됐고⋯⋯."

역시 아내는 현명했다. 나는 잠자코 아내의 말을 들었다.

"아니면 엄마랑 아빠한테 며칠 여기 와서 같이 지내달라고 해도 되고⋯⋯. 뭐 아니면 둘 다 해도 되고⋯⋯. 둘 다 하면 완벽하긴 하겠네."

장인어른과 장모님은 둘 다 은퇴하시고, 노후를 즐기고 계셨다. 우리 섬에도 계속 와보고 싶어 하셨는데, 그때마다 상황이 여의치 않아서 못 오셨다. 단 며칠이라도 두 분이 함께 계신다면 안심이 될 것 같았다. 어린 나이에 부모님을 모두 잃은 나에겐 두 분이 새로 생긴 부모님과 같았다.

"그래. 그렇게 하자. 일단 시간을 벌고 방법을 찾자. 그냥 이게 꿈이었다고 치부할 수 있는 정도의 시간이 나한테는 좀 필요할 것 같아."

아내의 의견에 나는 동의했다. 아내가 커피잔으로 내게 건배를 제안했다. 모르겠다. 그냥 마음이 놓였다.

민박집 바로 건너편 길에 경찰차 한 대가 주차했다. 민박집 바로 건너편에 사는 지구대장인 것 같았다. 평소라면 사적인 일에 경찰차를 사용한다고 욕을 한 바가지 했겠지만, 지금의 나로서는 경찰차가 눈앞에 있다는 것이 너무 감사했다. 대학 시절에 서울에서 편의점 아르바이트를 했던 기억이 났다. 당시 그 일대에 편의점을 대상으로 한 강도가 판을 치고 다녔는데, 범인 검거에 계속 실패하자 경찰은 궁여지책으로 각 골목의 편의점마다 경찰 오토바이를 세워놨었다. 강도에게는 지금 경찰이 순찰 중이라는 메시지를 주려고 그랬던 것 같다. 처음엔 저게 뭐하는 짓인가 싶었지만, 그날 이후 그 일대에서 편의점 강도는 감쪽같이 사라졌고, 시간이 더 지난 후에 그 강도가 다른 지역에서 검거되었다는 이야기를 들었었다.

"이제 경찰차도 왔고, 완벽하네!"

아내도 나와 같은 생각을 한 것 같았다.

시름은 덜어내고 행복은 조금 높여서 아내와 평소에 하지 못했던 이야기들을 나눴다. 태풍이 남기고 간 바람이 여전히 차가웠지만, 우리 내외의 마음만은 따뜻했다. 오늘 신은 내게 선물을 주셨다. 내가 경험했던 일이 꿈이었든, 아니면 정말로 반복된 하루였든, 이제 그것 자체가 중요한 것은 아니라는 생각이 들었다. 다만, 하늘이 도와준 덕분에 아내와 이렇게 좋은 시간을 보낼 수 있게 되었다. 어쩌면 사람에 지치고 돈에 지친 우리 가족에게 가장 필요한 건 지금 이렇게 함께하는 시간이었는지도 몰랐다. 이를 허락해 준 하늘과 그 위에 존재하는 신에게 감사했다. 그러나 행복한 감상에 빠졌던 것도 잠시, 잠에서 깬 하나가 칭얼거리며 문을 열고 밖으로 나왔다.

"엄마! 나 아파!"

하나가 거의 울먹이는 소리로 엄마에게 안겼다. 나는 별로 대수롭지 않게 생각했다. 그저 하나가 아직도 어린 아기처럼 행동하는 것이 귀여웠다. 그런데 하나를 안은 아내의 얼굴이 급격하게 굳어졌다.

"애가 왜 이래? 하나야, 괜찮아?"

아내가 놀란 얼굴로 하나의 이마에 손을 얹었다. 아내의 반응을 보며 무언가 심상치 않음을 느낀 나도 자리에서 일어나 하나에게로 가까이 다가갔다. 하나의 몸이 불덩이처럼 타는 것 같았다. 하나는 평소에도 종종 열 감기를 앓곤 했다. 일단 아내와 함께 하나를 데리고 민박집 방 안으로 들어갔다. 아내는 하나를 바람이 잘 들어오는 창가에 눕히고 옷을 벗겼다. 나는 욕실로 뛰어가서 세숫대야에 차가운 물

69

을 떠 와서 물수건을 만들었다.

"여보! 이거 내가 할 테니까, 자기는 집에 가서 하나 해열제 좀 가지고 와!"

"응? 지금?"

아직 하루가 지나려면 3시간이 남아 있었다. 다 털어낸 줄 알았는데, 내 무의식의 어딘가에 남아 있던 약간의 두려움이 내 입에서 이상한 대답을 만들어 내었다.

"그럼 어떻게 하려고? 여기 병원도 없잖아!"

아내의 말이 옳았다. 이 섬에는 응급실이 있는 병원은 없었다.

"아직도 그 걱정하는 거야?"

아내는 높아지려는 언성을 억지로 낮추고 다시 말을 이었다.

"태풍 지나갔고, 나랑 하나도 무사해! 그러니까 집에 가서 하나 약 좀 가져다줄 수 없겠어? 애한테 열이 얼마나 무서운지 몰라? 여기서 우리 집까지 왔다 갔다 해도 40분밖에 안 걸려! 어떤 일이든 절대 발생하지 않을 짧은 시간이라고!"

아내는 논리적이고 차분한 말투로 상황을 설명했다. 결코 언성을 높이지 않았다. 그러나 아내의 말이 나의 근심을 모두 덜어내지는 못했다.

"대신 문 잘 잠그고, 누가 와도 절대 문 열어주지 말고! 알겠지?"

아내는 물수건으로 하나의 몸을 연신 닦아냈다. 하나는 아프다며 울고 있었다. 근심이었을까? 아니면 혹은 불안함? 그 무언가가 자꾸 내 발목을 잡으려고 했다.

차를 끌고 민박집을 나서는데 바로 그 앞에 주차된 경찰차가 눈에

교화도(蛟花島) 이야기

들어왔다. 그리고 바비큐장에서 술 마시면서 떠드는 관광객들의 목소리도 들렸다. 저들에게 아내와 하나를 지켜달라고 부탁할까도 생각했지만, 그중에 하나가 범인일 가능성도 있기에 그 생각을 바로 접었다. 아무리 급해도 고양이에게 생선을 부탁할 수는 없는 노릇이었다.

오후 9시 19분
———————

할 수 있는 한 가장 빠른 속도로 집으로 달려갔다. 그리고 작은 가방을 찾아서 하나가 먹을 해열제를 넣었다. 그리고 집을 나오려다가 더 필요한 약들이 있을지도 몰라서 집에 있는 약이란 약은 모조리 챙긴 후 다시 차에 올랐다.

오후 9시 23분
———————

차에 올라 시동을 건 후, 아내에게 전화를 걸려고 했다. 그런데 아무리 찾아도 핸드폰을 찾을 수 없었다. 아마 경황이 없어서 민박집에 놓고 온듯했다. 평소의 나였으면 절대 그런 실수를 하지 않았을 것이다. 차라리 아내와 통화를 하며 움직이려는 심산이었지만, 나의 명청함이 모든 것을 망쳐버렸다. 평소의 나였다면 절대로 하지 않을 실수. 불안함이 나를 엄습했다.

오후 9시 37분

날 듯이 민박집에 도착했다. 민박집 앞에는 여전히 경찰차가 세워
져 있었다. 일순간이었지만, 마음이 조금 놓였다. 나는 차에서 약 가
방을 챙겼다. 민박집에 들어가자 그렇게 떠들썩했던 관광객들의 소
리는 전혀 들리지 않고, 파도가 철썩이는 소리만이 가득했다. 곧장
방으로 들어갔다. 그리고 나는 또다시 현실 감각을 잃고 바닥에 주저
앉아야 했다.

아내와 하나는 반복된 그 하루와 동일한 모습으로 삶을 마감해야 했
다. 내가 경험했던 그 하루는 결코 꿈이 아니었다.

방을 나와 소리를 지르기 시작했다. 발악이었다. 범인과 마주친 아
내는 분명히 마구 소리를 질렀을 것이었다. 누군가에게 살려달라고
애원했을 것이었다. 그리고 멀지 않은 바비큐장에 있었던 관광객들
은 분명 그 소리를 들었을 것이었다. 그런데 죽어가는 사람의 비명소
리를 듣고도 한 새끼도 도움을 줄 생각조차 하지 않았다는 사실이 나
로서는 도저히 이해되지 않았다. 오히려 내가 소리를 지르니 그제야
몇몇 사람이 창문을 열고 나를 쳐다보았다.

"그렇게 좀 내다보지. 지금처럼 그렇게 좀⋯⋯. 이 새끼들아⋯⋯."

나는 아직 물이 마르지 않은 바닥에 주저앉았다.

교화도(蛟花島) 이야기

오후 9시 47분

누군가 드디어 시민의식을 발휘한 듯했다. 멀리서 경찰차의 사이렌 소리가 들려왔다. 나는 그때처럼 또다시 지구대장에게 체포되었다. 수갑은 차가웠다. 멍청한 경찰들⋯⋯.

하늘에 제발 한 번만 더 기회를 달라고 애원했다. 한 번 더 기회를 주지 않으면, 이 섬의 모든 인간을 죽여버리겠다고 협박도 했다.

그렇게 하늘은⋯⋯.

AGAIN 3rd

"아빠."

하늘은 나의 소원을 들어줬다. 아니면 나의 협박에 굴복해 버린 것일까? 어쨌든 하나가 내 품에 들어와 안겼다. 손을 뻗어 하나를 안았다. 마음이 그 전처럼 기쁘지만은 않았다. 나는 하나와 함께 엄청난 숙제를 끌어안은 것 같은 착각에 빠졌다.

하나를 거실로 내보내고 아내와 둘이 안방 침대에 걸터앉았다. 아내는 창문에 테이프를 붙여야 한다고 나를 보챘지만, 나는 알고 있었다. 테이프를 붙이지 않더라도 우리 집 창문은 절대 깨지지 않을 것이란 사실을 말이다. 나는 아내에게 그간 있었던 일들을 진심을 다해 설명했다. 아내는 머리를 쓸어 넘겼다. 아내의 이 행동은 무언가를 고심할 때 아내가 무의식적으로 하는 행동임을 나는 알고 있었다. 반복된 하루와 동일한 행동이었다.

"오빠! 오빠가 너무 진지해서 듣고는 있었는데…….."

아내는 한숨을 쉬었다. 그 전과 달랐다. 아내는 나의 말을 믿지 않았다.

"그러지 말고! 조금만 내 이야기를 믿어주면 안 돼? 아니! 믿지는 않아도 우리 그냥 하루만 어디 숨어 있으면 안 돼?"

아내는 대답 없이 침대에서 일어났다. 그런데 물론 내가 비상식적인 이야기를 하긴 했지만, 아내는 내 말에 이렇게 반응할 성향의 사람이 아니었다. 하루 사이에 아내가 변한 것일까? 내가 아는 아내가 맞는지 의심스럽기까지 했다. 나는 밖으로 나가려는 아내의 팔을 잡았다.

"어디 숨어 있게? 우리 도망갈 곳도 없어!"

아내는 단호했다.

"그리고 오빠 말 들어보면……. 만약 그게 사실이라면……. 범인은 우리한테 원한……."

아내가 갑자기 스스로의 입을 막았다. 아내의 이 어색한 반응은 그

전에도 본 것 같았는데, 기억이 명확하지는 않았다. 어차피 기억은 믿을만한 것이 아니다. 언제나 기억은 우리의 머릿속에서 재조직되니까 말이다.

"원한……. 뭐?"

내가 아내의 대답을 재촉했다. 아내는 자신의 대답에 한숨을 더했다.

"우리가 원한을 살 사람이 있냐고? 우린 이 섬에서 따돌림을 당했을 뿐이지. 원한을 산 적은 없다고……. 그리고 진짜 살인마가 이 섬을 돌아다니고 있다면, 나 학교에 가서 우리 아이들 지켜야 돼! 지금까지의 우리 대화는 없던 걸로 할게."

나는 아내의 팔을 놓을 수밖에 없었다.

오전 7시 49분

태풍과 관련된 속보가 TV를 통해 쏟아져 나왔다. 아들이 어머니를 살해한 그 사건 뉴스도 그대로 보도되었다. 하나는 국을 쏟지 않았다. 식탁에 앉아 밥을 먹는데 마치 모래알을 씹는 것 같은 착각에 빠졌다.

오전 8시 15분

학교로 가는 차 안에서 우리 내외는 아무런 대화를 하지 않았다. 나를 믿지 않는 아내의 모습이 완전히 딴 사람처럼 느껴졌다. 살을 맞대고 산 지 이미 십수 년이 넘었다. 그런데 아내의 이런 차가운 모습은 내가 완전히 처음 보는 모습이었다.

오전 8시 50분

'원한이라고?'

아내와 하나를 초등학교 앞에 내려주고, 부둣가에 차를 세워두고 담배를 꺼내 물었다. 일단 그간의 상황을 돌아보자면, 정말 내가 겪고 있는 것이 진실이라면, 범인의 범행 동기는 원한밖에 없었다. 그렇지 않고서야 민박집까지 우리를 따라왔을 리가 없었다. 그런데 아무리 생각을 해도 우리 가족에게 원한을 가질 사람은 없었다. 적어도 이 섬에는 말이다.

나는 서울에서 조그만 여행사를 운영했었다. 당시, 아내는 초등학교 선생님으로 일하고 있었다. 아내는 하나를 가졌을 무렵, 한 학생의 부모에게 소위 갑질을 당했다. 말을 잘 듣지 않고 다른 아이들을 괴롭히던 한 아이를 훈육 차원에서 조금 혼냈는데, 그 아이의 부모가 아동학대로 아내를 신고한 것이었다. 교육청은 아이의 말만 듣고 아내를 정직 처분하였다. 교육부에서 파견된 멍청한 감사관도 아내의 말을 전혀 믿지 않았고, 검찰에 정식으로 수사를 의뢰했다. 그 아이의 조부가 국회 교육위원회 소속의 현직 국회의원이었던 탓이었다. 다행히 아내는 검찰 단계에서 무혐의로 풀려났다. 아내에게 내려졌던 최초의 징계도 취소되고 복직 결정이 내려졌지만, 아내는 학교로 돌아가지 않았다. 그렇게 대한민국의 초등학교는 또 한 명의 좋은 선생님을 잃어버렸다.

내가 운영한 여행사는 꽤나 수익이 잘 나왔다. 사업 후에 계속 영업이익을 기록하고 있었다. 정말 그 미친 전염병만 아니었다면……. 지금 생각해 보면, 그 겨울에 전염병에 관련된 소식이 들려오자마자 나는 곧바로 사업을 접었어야 했다. 그러나 그게 말처럼 쉽지는 않았다. 여름이 오면 끝날 줄 알았던 팬데믹 상황은 오히려 더 심해지기만 했다. 사실 그때라도 사업을 접었으면 오히려 상황이 더 나았을지 모른다. 그러나 나는 그러지 못했다. 미래를 알지 못했기 때문이었다. 불안함 속에서 희망을 꿈꾸었기 때문이기도 했다. 결국 그 상황은 수년 동안 이어졌고, 팬데믹은 우리 가족을 빚더미에 앉혀놓았다.

그리고 신기한 일이 벌어졌다. 그간 내가 친했다고 생각했던 대부분의 사람들이 내가 망했다는 소식을 듣자마자 거짓말같이 나에게서 등을 돌려버린 것이다. 심지어 그들에게 단 한 번도 돈과 관련된 이야기를 꺼낸 적이 없었는데도 불구하고 말이다. 그렇게 우리 가족은 돈에 치이고, 사람에게도 치인, 미천한 존재로 전락하였다. 다행히 회생이라는 제도가 있어서 많은 부분 빚을 탕감받을 수 있었다. 그러나 사람에게 받은 상처를 탕감받을 방법은 전혀 없었다.

이 섬에 처음 여행 왔었던 것은 아내와 아직 식을 올리기 전이었다. 아내는 이 섬에서만 피는 꽃, 교화(皎花)와 한 눈에 사랑에 빠졌다. 그래서 그 후에도 몇 번인가 더 여행을 오기도 했었고, 나중에 은퇴하고, 하나가 시집가고 그러면 노년은 이곳에서 보내고 싶다는 이야기를 자주 했었다. 사업이 망하고, 우리는 은퇴 설계를 20년 정도 앞당기기로 했다. 다행히 나는 집배원 일을 구할 수 있었고, 아내도 학교로 돌아갈 수 있었다. 그리고 섬으로 이주하는 주민에게는 도청에서 제공하는 경제적인 혜택이 많아서 싼 이자로 집을 구할 수도 있었다.

문제는 섬 주민들의 텃세였다. 우리 가족이 여기로 이사 온 순간부터 우리는 섬 주민들에게 따돌림을 당하기 시작했다. 이런 비슷한 이야기를 뉴스에서 본 적이 있었는데, 실제로 그 일이 내 것이 되니까 정말 견디기가 힘들었다. 시장이나 식당 같은 곳에서 우리 가족은 늘 상인들의 불친절함과 싸워야 했다. 심지어 섬 주민들 모두가 함께하는 주민 행사에는 우리 가족과 용찬이네만 부르지 않았다. 그리고 그것을 대놓고 주도했던 것이 이름도 듣기 싫은 지구대장과 주동리 이장이었다. 그나마 초기에 잘 버텼던 덕분일까? 그래도 지금은 우리 국장님이나 현중이, 한지철 선생님처럼 우리에게 마음을 열고 친구가 되어준 사람들이 조금은 생겼다. 그리고 용찬이 내외도 참 고마운 사람들이다.

이것이 우리 가족 이 섬에서 경험한 이야기의 전부이다. 그런데 이 섬에서 우리가 원한을 샀다고? 나는 그 사실 자체가 믿어지지 않았다. 생각은 거기에서 멈추고 일단 카센터부터 들르기로 했다. 사무실에는 연차를 사용하겠다고 대충 둘러대고, 차를 끌고 나왔다.

오전 9시 40분
———

"무슨 위치추적기가 달렸다고 그래요? 그런 걸 단 흔적도 안 보이는데?"

카센터 사장은 원래부터 우리 가족과 사이가 좋은 사람은 아니었다.

"그러지 말고, 자세히 좀 봐주세요. 왜 그런 거 있잖아요? 원래 차에는 없어야 할 어떤 장치라든가 뭐 그런 거요!"

나는 그에게 지기 싫어서 언성을 약간 높였다.

"몇 번을 더 봐요? 그리고 지금 무슨 영화 찍어요? 비가 이렇게 많이 오는데, 차에다 그런 것을 달아놓으면 제대로 작동이나 하겠어요? 금방 고장 나지? 여기가 무슨 FBI도 아니고 말이야! 이상한 소리 하지 말고 엔진오일이나 한번 갈아요! 언제 간 거예요?"

비록 그의 말투가 배알이 심하게 꼬여 있을지라도, 그의 말 자체는 옳은 것 같았다. 나는 더 이상 그와 말을 섞고 싶지 않아, 차를 끌고 카센터를 나왔다. 그런데 문득 그런 생각이 들었다.

'혹시 저 새끼가 범인 아니야?'

누구도 믿지 못하는 상황……. 그렇게 나는 불신의 늪에 빠지기 시작했다.

오전 10시 22분

───────

마땅히 갈 곳은 없었다. 아내가 일하는 초등학교 앞에 차를 세웠다. 아내는 이곳에서는 안전할 것이다. 학교에는 그래도 최소한의 안전장치가 구비되어 있었다. 내 추측대로 원한에 의한 살인이라면, 범인은 아내와 하나가 단둘이 있는 상황을 노릴 것이 뻔했다. 첫 번째도 그랬고, 두 번째도 그랬다. 나는 학교와 화살 한바탕 정도 거리가 떨어진 곳으로 차를 옮겼다. 아내를 감시하는 누군가가 있는지, 혹은 미행하는 누군가가 있는지를 지켜볼 요량이었다. 정황상 범인은 내 차를 알고 있는 것이 분명했다. 그리고 만약 범인이 내 차를 알아보고 도망가면 그것만으로도 감사한 일이라고 생각했다.

오전 11시 17분

아내에게서 모바일 메시지가 왔다.

> "오빠! 아침에 차갑게 대해서 미안해. 근데 아침부터 자기가 이상한 이야기를 하니까 내가 좀 날카로웠던 것 같아. 생각해 봐. 내가 두 번이나 죽었다는데 듣는 입장에서는 그 말이 기분 좋겠어? 더군다나 하나까지? 자기 요즘 스트레스 너무 많이 받아서 그런가 봐. 저녁때 맛있는 거 만들어서 술이나 한잔하자. 미안해. 사랑해."

나는 답장을 쓸 수가 없었다.

오후 1시 31분

때가 되었다고 생각했는데, 마침맞게 전화가 울렸다. 아내였다.

"어! 여보!"

"응! 우리 지금 학교 끝나서 집에 가려고……. 자기는 일 끝났어?"

"아직……. 조금 더 있어야 할 것 같아. 데리러 갈까?"

"아니야! 스쿨버스 타고 가면 돼!"

"그래도 오늘은 비도 오는데 괜찮겠어?"

"괜찮아. 스쿨버스 내려서 조금만 걸어가면 집인데 뭐!"

"조심해. 알겠지?"

같은 대화를 벌써 몇 번째 하는지, 나는 아내의 말에 대답하는 것이 아니라 거의 대사를 읊는 수준이었다.

"아! 근데 오빠 왜 아까 답장 안 보냈어? 아직 화났어?"

"아니야, 감사 자료 만든다고……. 좀 그랬네. 미안해."

나는 내 거짓말 실력에 스스로 감탄했다. 아내와 대화를 하면서도 나는 학교 주변을 계속 살폈다. 범인이 아내를 미행하려면 지금이 적기였기 때문이었다.

"아니야. 괜찮아. 오빠! 집에 올 때 부추 한 단이랑 두부 좀 사 올래? 오랜만에 부추전하고 된장찌개 해서 저녁 먹자. 막걸리도 몇 병 사 오고……. 소주는 집에 있으니까."

"응! 그래! 나도 일찍 끝날 것 같으니까 끝날 때쯤 다시 전화할게."

전화를 끊고 차에 시동을 걸었다.

교화도(鮫花島) 이야기

오후 1시 39분

드디어 스쿨버스가 학교를 출발했다. 나는 조심스럽게 스쿨버스의 뒤를 따라가기 시작했다. 그럴 일은 없겠지만, 혹여 아내가 눈치챌까 봐 약간은 거리를 두고 따라갔다. 어차피 정해진 루트라 내가 스쿨버스를 놓칠 일은 없었다. 학교에서 집까지는 대략 차로 25분 거리 정도 된다. 그러나 스쿨버스를 타고 돌아가면 약 40분 정도가 소요된다. 우리 집이 마지막 코스였다. 차로는 스쿨버스 뒤를 따르면서 눈으로는 계속 주변을 살폈다. 비가 많이 와서 시야를 계속 방해했지만, 눈에 보이는 것에서는 크게 의심이 갈만한 정황을 발견하지 못했다. 실제 도로에는 우리를 따라오는 다른 차도 전혀 없었다.

오후 2시 32분

아내와 하나가 집으로 들어가고 10분 정도가 더 흘렀다. 나는 집에서 그리 멀지 않은 곳에 차를 세우고 누군가 우리를 미행했는지, 아니면 누군가가 우리 집을 염탐하는지 등을 꼼꼼하게 살폈지만, 아무런 소득을 얻지 못했다. 처음엔 스쿨버스 아저씨가 범인이 아닐까 하는 생각이 들었지만, 아저씨는 아내와 하나를 내려주고 곧바로 돌아가 버렸다. 언제나처럼 말이다. 한편으로는 혹시 범인이 내가 집 근처에 차를 세우고 매복하는 것을 보고 그냥 돌아갔다면 그것만으로도 다행일 것 같았다.

차에서 집 거실이 보였다. 아내는 거실에서 청소기를 돌리고 있었다. 너무 예뻤다. 아내가 처음으로 내게 좋아한다고 고백했던 날이 떠오른 건 왜였을까? 그날도 오늘처럼 이렇게 비가 내렸었다. 아내를 첫눈에 보고 반했지만, 용기가 없는 나는 아내의 곁을 맴돌기만 할 뿐이었다. 아내는 그런 나를 위해 용기를 내줬었다. 아내는 내게 시집을 와서 단 한 번도 불만이란 걸 표현한 적이 없었다. 아내가 학교에서 억울한 갑질을 당했을 때도 아내는 웃음을 잃지 않았다. 내 사업체가 완전히 망했을 때조차 아내는 나와 함께 내 편이 되어줬었다. 눈물이 났다. 그런 아내가 매일 내 눈앞에서 죽어가는데, 아내를 살리기 위해 내가 할 수 있는 일이 아무것도 없었다. 다가오는 아내의 죽음 앞에서 나는 완전히 무기력한 존재였다. 그리고 이 사실을 깨닫자 내 눈물은 곧 분노로 바뀌었다. 그 분노에는 상당 부분 한탄이라는 감정도 내포되어 있었다.

거실에 있던 아내가 창밖으로 내 차를 본 것 같았다. 아내는 현관문을 열고 나와서 내게 손을 흔들었다. 나는 분노는 잠시 내려놓고, 얼굴에서 눈물 자국을 지우고 차에서 내렸다.

오후 2시 45분

차 문을 잠그고 집 방향으로 몸을 돌리는데, 아내가 하얗게 질린 얼굴로 무어라 말하며 나를 향해 뛰어오는 것이 보였다. 빗소리 때문에 아내의 목소리가 명확하게 들리지는 않았다. 내가 무언가 이상함을 느끼던 그 찰나, 둔탁한 무언가가 내 뒤통수를 스치고 지나갔고, 나는 약간 따끔거리는 아픔을 느꼈다. 그리고 그대로 땅바닥에 처박혔다. 내 몸이 내 마음대로 통제되지 않았다. 손과 발에 힘이 전혀 들어가지 않았다. 피와 빗물이 자꾸 내 눈으로 들어왔다. 몇 분이나 지났을까? 안간힘을 써서 겨우 고개만 들었을 때, 이미 아내는 범인이 휘두른 칼에 찔리고 바닥에 쓰러진 뒤였다. 힘껏 팔을 뻗어봤지만, 아내에게 내 손이 닿지 않았다. 범인은 피를 흘리는 아내를 뒤로하고 현관문을 열고 우리 집으로 들어가고 있었다.

오후 3시 19분

나는 내 부모에게 나를 낳아달라고 부탁한 적이 없었다. 나는 결코 신에게 나를 창조해 달라고 애걸한 적도 없었다. 그럼에도 불구하고, 내 부모는 내 허락도 없이 나를 낳았으며, 신은 나에게 어떠한 동의도 구하지 아니하고 나를 창조의 세계에 끌어들였다. 왜 나는 내 의지와는 상관없이 이 세상에 존재하여야만 하는가? 왜 나는 없지 않고 있는가? 존재 자체가 고통이라면 차라리 존재하지 않는 것이 존재하는 것보다 더 행복하지 않겠는가? 과연 신은 존재하는가? 나는 신에게 과연 어떤 의미인가? 어차피 이렇게 끝날 인생, 차라리 태어나지 않았다면 오히려 좋지 않았겠는가?

그래…… 차라리…… 이렇게 같이 죽는 게 더 나을지도 모르겠다…….

AGAIN 4th

오전 7시 05분

다시 반복이다. 젠장……. 차라리…….
아무것도 모르고 여전히 내 품에 안겨오는 하나를 양껏 안아주었다.

오전 7시 13분

"여보, 창문에 테이프 안 붙여도 괜찮아. 이제는 테이프 따위가 중
요한 게 아니야."

오전 7시 15분

세면대에 서서 한참 동안 내 자신을 바라보았다. 그 속에는 학습된 무기력에 빠진 멍청이가 한 명 서 있었다. 삶에서 무언가에 반복적으로 실패하면 결국엔 그 일 앞에서 완전히 무기력한 존재가 되어버린다. 그것이 곧 학습된 무기력 이론이다. 아내와 하나의 죽음 앞에 나는 아무것도 할 수 없는 멍청한 존재였다. 뒤통수를 만져보았다. 무언가가 내 두피를 뚫고 흘러내리는 것 같은 착각에 빠졌다. 웃음이 났다. 웃는데 자꾸 눈물이 났다.

오전 8시 18분

오늘은 아내가 운전대를 잡았다. 오늘이라고 하면 안 되려나? 오늘이라는 표현이 자꾸 내게 사치처럼 느껴졌다. 아내가 자꾸 무슨 일이 있느냐고 물어왔다. 대답할 말이 없었다. 나를 믿는 아내였든, 나를 믿지 않는 아내였든, 어쨌든 나는 지키지 못했으니까…….

오전 9시 14분

아내와 하나를 학교 앞에 내려주고 다시 집으로 돌아왔다. 출근할 마음이 전혀 생기지 않았다. 거실 소파에 누웠다. 그리고 곧장 다시 일어나 바닥에 무릎을 꿇었다. 별달리 믿는 신은 없었지만, 과거 교회를 잠시 다녔을 때 배웠던 것처럼 하늘과 신을 향해 기도하기 시작했다. 처음 시작할 때 내 기도는 아내와 하나를 살려달라는 부탁이었다. 그리고 시간이 조금 지나자 기도의 거의 대부분은 왜 이런 시련을 내게 허락했느냐는 불평으로 변질되었다. 전자가 클레임(Claim)에 가까웠다면, 후자는 컴플레인(Complain)과 비슷했다. 시간이 더 흐르자 나는 신과 협상을 하기 시작했다. 마지막으로 나는 신을 협박했다. 늘 그렇듯 나의 몸부림에 신은 침묵했다. 나는 하늘에 손가락질하며 기도를 마무리했다.

이대로 등신처럼 아무것도 안 하고 있을 수는 없었다. 어떻게든 이 하루를 견뎌보자는 생각이 나를 움직였다. 나는 여행용 캐리어를 찾아 아내와 하나의 짐을 챙기기 시작했다. 그리고 차에 실을 수 있는 최대치의 짐을 실었다. 하나를 위한 비상약도 잊지 않고 챙겼다. 어떻게 해서든 이 하루를 버티고 또 버티기로 했다. 그리고 이 섬을 빠져나가서 두 번 다시 돌아오지 않기로 다짐하고 또 다짐했다.

오전 10시 52분

차에 올랐다가 다시 집으로 돌아왔다. 그간의 행적을 곱씹어 보면 범인이 우리 가족에 대해 너무나 잘 알고 있다는 사실이 떠올랐기 때문이었다. 집을 전부 뒤지기 시작했다. 집 내부에 몰래카메라나 도청 장치가 설치되어 있는지를 확인하기 위함이었다. 장롱 안부터 침대

교화도(鮫花島) 이야기

밑, 천장, 싱크대, 수납장까지 무언가를 숨길 수 있는 모든 공간을 샅샅이 뒤졌지만 아무런 소득도 얻지 못했다. 혹시나 하는 마음에 하나가 평소 자주 가지고 놀던 곰 인형의 배를 갈라봤지만 솜뭉치만 잔뜩 쏟아져 나왔다. 하나의 인형을 발로 걷어찼다. 그리고 엉망이 되어버린 집을 그냥 그대로 두고 다시 차에 올랐다.

오전 11시 43분

"지옥 위를 걷는다는 것이 과연 이런 느낌일까? 그러나 이제 얼마 안 남은 것 같기는 하다. 다 끝나면, 정말 모든 것이 끝나면, 그때는 마음껏 비참해지자. 마음껏 울자. 마음껏 아파하자. 그때는 그래도 될 거다."

오후 1시 33분

학교 앞에서 기다리고 있는데, 아내에게서 전화가 왔다.
"어! 여보!"
"응! 우리 지금 학교 끝나서 집에 가려고……. 자기는 일 끝났어?"
"나 지금 학교 앞이야. 바로 올라갈게. 스쿨버스 타지 말고 기다리고 있어!"
나는 아내의 대답을 듣지도 않고 전화를 끊어버렸다.

오후 1시 40분

스쿨버스를 떠나보냈다. 아내와 하나를 지옥행 버스에 태울 수는 없었다. 하나는 경비아저씨에게 잠시 맡겨두고 아내와 경비실 밖으로 나왔다. 다행히 비를 막아줄 처마가 있었다. 나는 아내에게 그간 있었던 일들을 진심을 다해 설명했다. 아내는 머리를 쓸어 넘겼다. 아내의 이 행동은 무언가를 고심할 때 아내가 무의식적으로 하는 행동임을 나는 알고 있었다. 나는 이 장면을 벌써 몇 번인가 경험했다. 데자뷔 따위가 아니었다. 나는 경험했고, 아내가 이 행동을 할 것을 이미 알고 있었다. 이건 뇌에서 내 가치관에 따라 재조직된 기억 따위가 아니었다. 현실이었다. 그리고 이번엔 아내가 나를 믿어주길 간절히 바랐다.

"숨어 있자."

긴 호흡 끝에 아내가 말을 꺼냈다.

"응? 근데 어디로? 아까 말했잖아! 집은 절대 안 되고, 민박집도 이미 실패했었다고……. 하나 해열제는 내가 미리 챙기기는 했는데 ……. 누가 범인인지도 모르고, 처음엔 범인이 날 무서워하는 줄 알았는데, 그것도 아니야! 범인은 나를 거들떠보지도 않는다고!"

내 대답의 이면에는 나의 정돈되지 않은 두렵고 떨림이 숨어 있었다. 아내가 내 손을 잡았다. 그때까지 내 손이 떨리고 있음을 나 스스로는 깨닫지 못하고 있었다.

"연주네 집으로 가자! 연주한테 부탁해 보지 뭐……."

"용찬이네?"

교화도(咬花島) 이야기

아내가 고개를 끄덕였다. 용찬이 내외는 우리보다 한 해 먼저 이 섬에 이주해 온 신혼부부였다. 우리 두 가정 모두 외지인이라 기존의 섬 주민들에게 꽤나 심한 따돌림을 당하고 있어서, 우리끼리 통하는 면이 많았다. 용찬이는 소설을 쓰는 작가이고, 아내인 연주 씨는 번역가였다. 용찬이가 집필한 소설은 인기가 많지 않아서 벌이가 시원치 않았다. 그래서 생활은 거의 연주 씨가 버는 돈으로 유지하는 것 같았다. 직업 특성상 용찬이 내외는 새벽까지 일하고, 오후 늦게 일어난다. 내가 용찬이에게 전화를 걸었다. 그리고 용찬이가 나를 믿어주길 간절히 소원했다. 나에게는 이것이 마지막 선택지였다.

오후 2시 12분

다행히 용찬이는 우리를 반겨주었다. 나를 믿는 것 같지는 않았는데, 최소한 용찬이네 집에서 저녁을 먹고, 하루를 보내는 것 정도는 허락해 주었다. 용찬이 내외는 아이가 없었다. 노력은 하는데, 하늘이 허락을 안 해준다고 용찬이가 전에 내게 술 취해서 말했던 기억이 있다. 그래서 그런지 둘은 우리 하나를 아주 예뻐했다. 어쩌면 하나를 보고 싶어서 우리의 무리한 요구를 허락했는지도 몰랐다. 하나도 용찬이 내외를 아주 좋아하고 잘 따랐다. 첫 번째, 그리고 두 번째 반복이 있었을 때, '용찬이네로 갔으면 결과가 달라졌을까?'라는 생각이 들었다. 그러나 그 생각을 오래 붙들지는 않았다. 용찬이네 집으로 향하기 전에 마트에 들러서 고기 등의 먹을거리를 잔뜩 샀다. 술은 사지 않았다. 취하고 싶은 마음은 전혀 없었다.

마트에서 나와서 택시를 불렀다. 차는 마트 건너편 시장 골목에 세워두었다. 어차피 시골 마을이라 주차할 곳은 많았다. 이렇게 하기로 한 이유는 혹시나 범인이 내 차를 미행하거나, 혹은 용찬이네 집 근처를 지나다가 우연히 내 차를 보고 집으로 들어와 우리에게 해를 끼칠까 하는 걱정 때문이었다. 아내는 뭘 그렇게까지 하냐고 내게 따졌지만, 내 고집을 꺾을 수는 없었다.

오후 2시 48분

섬에 택시가 많지 않아 조금 오래 기다려야 했다. 하나는 택시를 타기 싫다고 계속 칭얼거렸다. 우는 아이를 달래는 일은 인내심을 많이 필요로 하는 일이었다. 그리고 그 인내심은 내게는 전혀 남아 있지 않았다. 하나가 태어난 후, 처음으로 하나에게 화를 냈다. 아내가 나를 타박하고 하나를 안아줬다. 어쨌든 우리는 택시를 타고 용찬이네 집으로 출발했다. 누가 우리를 뒤따라오는지 계속 뒤를 살폈으나, 도로에는 차가 한 대도 다니지 않았다. 태풍이 다가오고 있고, 비가 이렇게 많이 내리는데, 우리를 미행하는 차가 있다면 내 눈에 띄지 않을 리가 없었다.

우리는 일부러 섬을 반 바퀴 정도 돌고 용찬이네로 향했다. 택시기사는 평소에 얼굴만 아는 사람이었다. 내가 이리 저리로 돌아가 달라는 말에 그는 대꾸도 없이 그대로 운전만 했다.

교화도(皎花島) 이야기

혹시 이 새끼가 범인인가? 아니면 미터기에 말 달리는 모습이 그저 좋았던 것일까?

오후 3시 42분

먼 길을 돌고 돌아 드디어 용찬이네 집에 도착했다. 사실 용찬이네 집에서 우리 집은 그리 멀지 않았다. 차로는 겨우 5분 거리였다. 그 것이 내가 처음에 용찬이네를 고려하지 않았던 이유이기도 했다. 용 찬이 내외가 우리를 마중 나와 있었다. 하나는 택시에서 내리자마자 연주 씨에게 달려가 안겼다. 나와 아내가 용찬이 내외와 인사를 하고 용찬이네 집으로 들어가려고 하는데, 용찬이가 내 팔을 잡았다. 나는 그의 행동이 담배나 한 대 피우자는 신호임을 금방 알아차렸다. 우선 마트에서 사 온 짐과 우리 가족의 짐을 용찬이네 집에 들여다 놓고 우리는 다시금 밖으로 나왔다.

오후 3시 47분

용찬이네 집은 단독주택이었고 높은 담에 둘러싸여 있었다. 우리 집에는 담이 없었는데, 문득 그 담이 부러웠다. '우리 집에도 담이 있 었다면 범인을 막아줬을 수 있었을까?' 물론 부질없는 생각이었다. 용찬이네 집 앞에는 큰 나무가 있었고, 그 바로 밑에 나무로 만든 평상이 있었다. 우리는 그곳에 가서 앉았다. 나무가 크고 잎이 넓었으나, 내려오는 빗줄기를 모두 막아주지는 못했다. 옷이 젖는 것이 싫었지만, 한 손에 우산을 쓰고 다른 한 손에 담배를 드는 것이 더 싫었다. 우리는 옷이 젖는 것을 허락하기로 했다.

"근데요, 형님. 아까 전화로 하신 이야기가 사실이에요?"

내게 담뱃불을 붙여준 후에 용찬이가 물었다.

"그게 사실인지도, 꿈이었는지도, 이제 나도 모르겠다."

나의 대답에는 상당 부분 체념이 섞여 있었다. '믿고 싶으면 믿고, 말고 싶으면 말아라.'라는 식이었다.

"아니, 그게 아니고, 형님……."

용찬이가 담배 연기를 깊이 들이마신 이후에 말을 이었다.

"그…… 형님 이야기요. 그거 괜찮으시면 제 다음 책 소재로 사용해도 될까 해서요."

용찬이가 조심스럽게 내게 이야기를 꺼냈다. 왠지 기분이 나빴다.

"뭔가 그런 것 있잖아요. 매번 하루가 반복되는 동안, 아내와 가족을 살리기 위해 고군분투하는 그런 가장의 이야기. 그 뒤에 숨겨진 음모. 뭔가 되게 재미있을 것 같아서요."

용찬이는 살짝 눈치가 없는 스타일이었다. 절망의 끝을 향해 달려가는 나에게 용찬이는 희망을 이야기하고 있었다. 매우 기분이 언짢아졌다. 그러나 티를 내지는 않았다. 만약에 용찬이가 우리를 받아주지 않는다면 우리는 어디에도 갈 곳이 없었기 때문이었다.

"그래. 오늘 우리 가족이 이 하루를 잘 보낼 수 있으면 그때는 네 맘대로 해라."

이번엔 내가 담배 연기를 깊이 들이마셨다.

"그건 걱정하지 마세요! 제가 해병대 수색대 출신이잖아요! 귀신이라도 무릎 꿇지 않고서는 못 배깁니다! 그나저나 우리 형님을 협박하는 놈이 도대체 어떤 새끼에요?"

"협박?"

그랬다. 내가 기분이 나빴던 것은 용찬이가 내 이야기를 가볍게 여기고, 소재로 이용하는, 그딴 사소한 것이 아니었다. 사실은 용찬이가 내 말을 전혀 믿지 않고 있다는 것이 기분이 나빴던 것이었다.

오후 4시 06분

"현재 한반도를 관통하는 태풍 수다는 내륙에서도 최대 풍속 30m/s를 유지하면서 여전히 위력을 떨치고 있습니다. 서울을 비롯한 수도권에서는 인명 및 재산 피해들이 속속히 집계되고 있습니다. 다시 말씀드립니다. 태풍 수다는 현재 강원도 초입을 지나가고 있으며, 금일 오후 6시경에 강원도를 지나 동해상으로 빠져나가겠습니다. 이 지역에 계신 분들은 태풍 피해가 없도록 각별히 유의하셔야겠습니다."

이제 아내와 하나의 사망 추정시간 따위는 사실 큰 의미가 없었다.

오후 4시 58분

우리는 제법 좋은 시간을 가졌다. 그간 우리 두 가족 모두 일이 바쁘기도 했고, 라이프 사이클이 서로 달라서, 꽤나 오랜만에 시간을 갖는 것이었다. 만약 이것이 그 일 때문이 아니라면, 나도 마음 놓고 이 시간을 즐길 수 있었을 것이다. 물론, 이를 신경 쓰는 것은 이들 중에 나뿐이었다. 섬 안의 또 다른 섬에 나만 홀로 유배된 기분이었다. 이런 내 마음을 티는 내지 않으려고 노력했다.

우리는 끊임없이 이야기의 주제를 찾았다. 대화가 잘 통하는 상대를 만나는 것은 생각보다 쉽지 않은 일인데, 우리는 그런 면에서 잘 맞았다. 용찬이는 예전에 써놓은 시나리오 한 편이 곧 영화로 만들어질 것 같다고 했다. 연주 씨는 AI가 발전하면서 예전보다 번역 일이 많이 줄고, 수당도 점점 낮아지는 추세라고 했다. 사람이 편하게 살고자 기술을 발전시키는데, 오히려 향상된 기술이 인간의 삶을 망치고 있다는 생각이 문득 들었다. 연주 씨는 나의 생각에 동의했다. AI는 인간의 삶을 편하게 하기 위해 발전하는 것인가? 아니면 인간의 삶을 빼앗기 위해 발전하는 것인가? 결국 모두가 노예가 되고 마는 것인가? 그렇다면 주인은 누구인가?

교화도(皎花島) 이야기

고기를 구워서 저녁을 먹었다. 내 마음속의 불안함은 점점 커져만 갔다. 온통 어떻게 해야 아내와 하나의 죽음을 막을 수 있을까에 대한 생각뿐이었다. 자정만 넘기면 될까? 내 속에서 시간을 세는 개념이 몇 시 몇 분이 아니라, 자정까지 얼마나 남았는지를 계산하는 것으로 바뀌어 있었다. 자정까지 약 5시간 20분……. 그 시간이 너무 멀게만 느껴졌다. 그리고 오늘 이 하루를 버틴다고 한들, 내일이라는 녀석이 아내와 하나의 목숨을 보장하리라는 확신도 없었기 때문에, 불안함은 켜켜이 쌓여갔다. 지금 이곳에 어른이 넷이나 있었다. 범인이 나타난다면 그를 막아내지 못할 이유가 전혀 없었다. 그런데도 이 사실이 내게 전혀 위안을 주지 못했다.

예상했듯이 하나가 살짝 열이 올랐다. 아내는 내가 미리 준비해 뒀던 해열제를 하나에게 먹였다. 약을 먹은 하나는 금방 잠이 들었다. 하나를 작은 방에 눕혀놓고 거실로 돌아오자, 아내가 내 손을 꼭 잡았다. 이제야 나를 진짜 믿는다는 신호였을까? 모를 일이었다. 용찬이 내외는 나의 준비성을 칭찬했다.

연주 씨가 맥주를 꺼내왔다. 나는 마시지 않았다. 다른 사람들도 마시지 않기를 바랐지만, 내가 그들을 제지할 명분이 없었다. 나 외에 나를 믿는 사람은 사실 없었다.

오후 7시 19분

맥주를 마시면서 이런저런 이야기를 나누고 있는데, 아내가 피곤하다면서 내 어깨에 몸을 기대어 왔다. 사실은 나도 몇 분 전부터 급격하게 피로를 느끼기는 했지만, 잠이 들지 않게 억지로 버티는 중이었다. 깜박 졸았을까? 용찬이와 연주 씨가 술에 취했는지 '쿵' 하고 바닥에 쓰러졌다. 그들이 쓰러지는 소리에 나는 살짝 잠에서 깼다가 이내 다시 깊은 잠에 빠져들었다. 머리로는 절대 잠들면 안 된다고 생각했는데, 너무나 달콤한 피로가 나를 유혹했다. 그 유혹 앞에 나는 무릎을 꿇고 말았다.

오후 11시 08분

지독한 피비린내가 내 코를 자극하고 들어왔다. 분명 달콤한 꿈을 꾼 것 같았는데, 잠에서 깨자 뇌가 깨지는 것 같은 두통이 몰려왔다. 잠들기 전에 누가 불을 껐었던가? 온통 어두움만이 내 눈을 뒤덮었다. 집 안의 역한 냄새와 두통 때문에 나는 금방이라도 구토를 할 것 같았다. 나는 본능적으로 아내를 불렀다. 아내는 아무런 대답이 없었다. 어둠 속에서 바닥을 더듬거리며 아내를 찾아 헤맸지만, 이 역시 실패였다. 내 직감이 나에게 무언가가 잘못되었음을 알려주는 것 같았다. 그러나 인정하고 싶지는 않았다. 마음속으로 계속 '절대 아니야.'를 외치고 있었다. 얼마나 바닥을 헤맸을까? 억지로 몸을 일으켜

교화도(蛟花島) 이야기

형광등 전원 스위치를 켰다. 그리고 몇 번인가 눈을 깜박인 후에야 명확하게 내 뇌리에 인식된 광경……. 나는 바닥에 구토를 해야만 했다.

아내와 하나가 죽어 있었다. 이번엔 용찬이 내외도 함께였다. 범인은 나를 살려두었다. 아니! 나만 살려두었다. 보라고? 보고 느끼라고? 도대체 왜?

"왜 나한테 이러는 건데? 도대체 원하는 게 뭔데? 차라리 나도 같이 죽여 달라고……."

AGAIN 5th

　무심코 내 품에 안겨오는 하나를 밀어버렸다. 물론, 하나가 침대 밑으로 떨어질 정도로 세게 민 것은 아니었다. 그러나 이런 내 행동은 하나를 울리기에 충분했다. 첫 번째 반복이 있었을 때처럼 놀라서 그런 행동을 한 것은 아니었다. 나는 어렴풋이 알고 있었다. 이 하루가 또다시 반복될 것이라는 사실을 말이다. 그렇다면 이 상황에 대한 짜증이었을까? 아마도 그랬을 것이라고 생각한다. 그리고 그 짜증은 하나를 향한 것이 아니라 신을 향한 것이었다. 신을 밀어버릴 수는 없으니, 하나를 밀어버렸다. 유치했지만, 그런 속내가 나의 행동으로 이어진 것 같았다. 아내는 그런 나의 행동에 화를 냈다. 나는 잔소리가 듣기 싫어서 아내에게 화를 냈다. 그러나 괜찮았다. 어차피 나는 오늘도 아내와 하나를 지켜내지 못할 것이고, 또다시 반복된 하루가 찾아오면 그들은 오늘의 내 행동을 기억하지 못할 것이 분명했기 때문이었다.

오전 7시 16분
───────

용찬이네 집에서 있었던 그 하루가 어떻게 끝났는지 도무지 기억이 나질 않았다.

오전 10시 17분
───────

하루 종일 아무것도 안 하고 그냥 차를 끌고 돌아다녔다. 내가 할 수 있는 일이 없었다. 어차피 그 어느 누구도 내 말을 믿지 않는다. 차라리 학교에 있는 학생들을 모두 가둬놓고, 밤새도록 인질극을 벌일까도 생각했지만, 그렇다고 해서 내일이 올 것이라는 보장이 없었다. 또한 그렇게 소란을 피우면 오늘은 아내와 하나를 지킬 수 있을지는 모르지만, 내일 아내와 하나가 범인으로부터 안전할 것이라는 보장도 없었다. 그리고 내가 그런 사고를 쳤을 때, 아내와 하나가 입을 마음의 상처를 감당할 자신이 없었다.

범인은 계속 우리를 쫓고 있는 것은 분명했다. 그리고 계속해서 기가 막힌 타이밍에 우리를 공격해서 들어왔다. 기회가 없으면 만들어서라도 말이다. 학습된 무기력이라는 단어가 계속 뇌리를 맴돌았다. 나는 분명 좌절하고 있었다. 어린아이처럼 앉아서 울고 있을 뿐이었다. 신이 내 손을 잡고 일으켜 주기를 바랐지만, 그는 여전히 침묵했다.

예전에 누군가에게서 들은 이야기가 생각났다. 어느 날 어떤 사람이 등산을 갔다가 길을 잃었다. 날은 점점 어두워졌고, 모르는 길을 헤매기만 하던 그는 실수로 작은 돌부리에 걸려 넘어졌다. 자신 앞에 놓인 상황에 분노를 느낀 그는 하늘에 대고 손가락질을 하며 온갖 욕을 다 퍼부었다. 그러다 정신을 차리고 주위를 둘러보니, 자신이 걸어가던 방향의 바로 앞이 낭떠러지였다. 돌부리가 아니었다면 그는 이미 저세상 사람이 되었을 것이었다. 그는 하늘과 신에게 감사했다.

이 시점에 그 이야기가 왜 생각이 났는지는 모르겠다. 나는 돌부리에 걸려 넘어진 것일까? 아니면 낭떠러지 밑으로 떨어진 것일까?

오후 1시 45분

생각 없이 돌아다니다 보니 시간은 잘 갔다. 때가 되니 배는 고파서 식당에 들러 밥을 먹었다. 속도 없이 밥은 또 잘 넘어갔다. 그 와중에 몇 번인가 아내에게 전화가 왔지만 받지 않았다. 모바일 메시지도 온 것 같았는데 읽지 않았다. 나는 분명 삐쳐 있었다. 그러나 그 대상은 아내가 아닌 신이었다. 신에게 내 맘을 표출할 방법이 없으

교화도(蛟花島) 이야기

니, 가까운 가족에게 표출했다. 나는 치졸했다.

오후 2시 49분

식사를 끝낸 후에 커피숍에 들러 테이크아웃으로 커피를 샀다. 차를 몰고 이리저리 돌아다니다 보니, 교화읍 여객 터미널이 내려다보이는 기암절벽에까지 이르렀다. 나는 기암절벽 끝 갓길에 차를 댔다. 기암절벽 아래로 보이는 바다와 여객 터미널, 그리고 멀리 보이는 섬들까지 조화를 이루어 꽤나 장관을 이루는 명소였다. 그리고 이곳은 나의 배송 구역이었다. 배송 중에 가끔 이곳에 들러 담배를 피우곤 했었는데, 무의식중에 그 습관이 나온 것 같았다.

언제 이렇게 시간이 흘렀는지, 벌써 아내와 하나가 죽을 시간이 가까워 오고 있었다. 때로 '현실'은 인간의 마음을 어지럽게 한다. 그래서 '현실'이 아닌 '희망'에 인간은 목숨을 건다. 고통만 가득한 현실에서 도피하여 자신의 머릿속에만 존재하는 유토피아를 찾아 헤맨다. 그게 심해지면 정신질환이 된다. '은둔형 외톨이'라고 했던가? 아마 그랬던 것 같다. 나는 차에 앉아 아내와 하나와 살아갈 내일을 그려나갔다. 머릿속에서는 꿈에도 그리던 내일이 찾아왔다. 우리 가족은 여객선을 타고 도시로 향했다. 그리고 하나가 그렇게 가고 싶어 했던 놀이공원에 들렀다. 현실을 살지 않으니 행복했다. 고통이 없으니 살 것 같았다.

단꿈에 젖어 살짝 잠이 들던 찰나, 누군가 내 차 창문을 두드렸다.

이상에서 현실로 돌아오는 것은 별로 유쾌한 일이 아니었다. 더군다나 내 차를 두드린 것이 꿈에도 보기 싫은 지구대장이었다. 나는 차 창문을 아주 조금만 열었다. 여전히 비가 내리고 있었다.

"왜요?"

"여기 바로 밑이 낭떠러지인데 여기다 차를 세우면 어떻게 합니까?"

그는 존댓말을 사용하고는 있었지만, 누가 들어도 사람을 하대하는 말투였다.

"네, 이제 뺄게요."

나는 그와 눈을 마주치지 않았다.

"운전면허증 제시해 주세요. 불법 주정차 위반입니다."

갑자기 짜증이 몰려왔다.

"왜 저한테만 그러세요? 이 동네 사람들 다 여기다 차 세우고 그러는데?"

"어디요? 누가요? 언제요?"

"됐습니다."

나는 한숨을 쉬며 운전면허증을 꺼내 그에게 건넸다.

"누가요? 언제 그랬냐고요? 말씀 한번 해보세요! 누가 그랬냐니까?"

그가 말끝에 비웃음을 더했다.

"아니! 그렇게 싫으면 뭍으로 이사를 가시든가? 아니면 법을 잘 지켜야죠? 절이 싫으면 중이 떠나야지! 안 그래요?"

그의 태도와 말투가 거슬렸으나 대꾸하고 싶지 않았다. 그와의 대화는 늘 나의 질을 떨어뜨려 놓는 것 같았다. 어차피 몇만 원 되지도 않는 벌금, 그리고 또다시 반복이 일어난다면 내지 않아도 될 돈이었다. 뭐가 그리 신났는지, 그는 노래를 흥얼거리며 딱지를 끊고, 운전면허증과 함께 나에게 건넸다. 그가 자신의 차로 돌아가는데, 갑자기 내 속에서 분노가 치밀어 올랐다. 나는 반드시 이 분노를 표출해야만 했다. 차에 시동을 걸었다. 그리고 유유자적하며 자신의 차로 돌아가던 그에게 그대로 돌진했다. 그가 내 차에 깔리는데 이상한 쾌감이 나를 감쌌다. 그간에 그에게 당했던 설움 때문이었을까? 아니면, 반복된 하루가 시작되면 이 일이 없었던 일이 되기 때문이었을까? 나는 몇 번이나 차를 후진하고 또 전진해서 그를 완전히 깔아뭉갰다. 그가 차에 밟힐수록 쾌감은 커져갔다. 그리고 차에서 내려 그의 시신을 끌고 가 절벽 아래로 던져버렸다. 소리를 질렀다. 그제야 살 것 같았다. 아내와 하나가 죽어갈 시간이었다. 시원하게 내리는 빗물로 내 몸에 묻은 그의 피를 씻어냈다. 상쾌했다.

이것이 내가 행한 첫 번째 심판이었다.

오후 4시 18분

고기와 술을 잔뜩 사 들고 민박집으로 향했다. 마치 인생의 마지막 식사를 하는 것처럼 나는 이 하루를 즐겼다.

오후 6시 51분

얼마나 시간이 흘렀을까? 경찰들이 몰려왔다. 나는 아내와 하나에 대한 살해 혐의 및 경찰지구대장에 대한 살해 혐의로 체포되었다. 술에 취해서 그런지 별달리 감흥이 없었다.

　인생은 녹화방송이 아니니까……. 그러니까 힘든 것이다. 생방송이니까 실수든 잘못이든 편집할 수가 없으니까 말이다. 그렇게 생각해 보면 녹화방송을 살아가고 있는 지금의 내가 다행이라는 생각이 들었다. 나는 웃었다.

AGAIN 6th

북을 쳐봤다. 장구도 쳐봤다. 꽹과리도 쳐봤다. 아무런 소리가 나지 않았다. 신기한 마음과 일면 조급한 마음에 내 앞에 있는 악기들을 마구 두들겨 보았다. 여전히 침묵만이 나를 감쌌다. 악기가 고장 난 것일까? 아니면 내가 고장 난 것일까? 아니면 지금의 나는 여전히 꿈을 꾸고 있는 것인가?

나는 이성을 잃었고, 상처받은 야수가 되어 오롯이 감정만이 내 행동을 좌우하도록 내버려 두었다. 결국 또다시 아내와 하나를 지키지 못했다. 어쩌면 이번엔 아예 지킬 생각조차 하지 않았는지도 모른다. 정말 어쩌면 나는 나의 분노를 풀어놓을 희생양이 필요했는지도 모른다. 그리고 그 선택의 결과는 후회만을 내 앞에 가져다 놓았다.

"하지 말아야 할 생각을 하고, 하지 말아야 할 말을 하고, 하지 말아야 할 행동을 하고, 그 끝은 항상 하지 않아도 될 후회를 남긴다. 인간은 누구나 그렇다."

그래도 다행인 것은 또다시 하루가 반복되며 내가 벌였던 모든 멍청한 짓이 없던 일이 되어버렸다는 것이었다. 마치 녹화방송 중에 NG가 나서 해당 장면을 편집해 버린 것처럼 말이다.

오늘은 오랜만에 부둣가로 나갔다. 오랜만이라는 표현을 써도 되는지 모르겠다. 바다를 바라보며 두 가지를 다짐했다. 첫째는, 이성을 잃을 일이 또 있을지 모르지만, 앞으로는 합리적인 이유 없이 분노하지 않겠다는 것이었다. 둘째는, 도피가 통하지 않는 상대라면, 지금까지의 방어적인 태도를 버리고 차라리 내가 먼저 범인을 잡겠다는 다짐이었다. 어차피 범인은 어떤 형태로든 우리 가족에게 원한을 가지고 있는 놈이 분명했다.

분노를 내려놓고 최대한 합리적으로 생각을 정리해 보았다. 모든 인간은 화를 낸다. 살면서 화를 한 번도 내본 적이 없다고 말하는 인간이 있다면, 그는 사기꾼이거나 아니면 사이비 종교의 교주일 가능성이 높다. 그렇다. 인간에게 있어 분노라는 감정의 표출은 외부의 자극에 대한 지극히 정상적인 반응이다. 누군가 진짜 화를 낼 상황이 발생한다면 그는 어떻게 행동을 하는가? 상대에게 언성을 높일 수도 있고, 육두문자를 동원해서 상대의 인격을 깎아내리는 치졸한 시도를 하기도 한다. 그리고 그 정도가 심할 경우, 상대에게 주먹질을 휘둘러 실제적인 위해를 가하기도 한다. 그러나 살인? 그것은 다른 이야기이다. 사람이 사람을 죽이는 것은 결코 쉬운 일이 아니다. 그래서 그런지 우리는 때로 우리의 망상 속에서 신을 나를 위한 살인청부업자로 만들기도 한다. 실제 우리는 신을 이용해서 얼마나 많은 살인을 저질렀던가? 그러나 정상적인 인간이라면 그것을 현실에서 실행으로 옮기지는 않는다. 적어도 그가 마귀의 자식이 아니라 인격이 존재하는 사람이라면 말이다. 맞다. 나는 지금 사람이 아니라 악귀의 자식을 상대하고 있는 것이 분명했다. 그는 악랄하다. 그는 자신의 목적을 이룰 때까지 절대 멈추지 않을 것이다. 어떤 비열한 방법을 통해서라도 그는 움직일 것이다. 내가 먼저 움직이지 않으면 당한다. 그것이 내가 내린 결론이었다.

못 멈추겠지? 내가 멈추게 해줄게. 이 개자식아…….

일단 정보가 필요했다. 사무실로 향했다. 사무실에는 내 지적인 욕구를 채워줄 좋은 자료들이 있었다. 첫 번째 자료는 어디에서도 구할 수 없는, 여러 세대의 집배원들의 손을 거치며 만들어진, 우리 섬의 지도였다. 지도에는 단순히 주소뿐만 아니라, 어느 집에 누가 사는지에 대한 자세한 자료가 담겨 있었다. 두 번째 자료는 인명부였다. 우리 섬에 사는 거주민의 비상연락망 같은 것이라고 보면 될 것 같다. 몇 년 전부터 개인정보보호법 때문에 신규로 업데이트되지는 않고 있지만, 그래도 원래 섬 자체에 유출입 인구가 적어서 과거의 자료라고 해도 담긴 정보가 실제와 크게 다르지는 않았다. 세 번째 자료는 인터넷에서 흔히 구할 수 있는 우리 섬에 대한 인구 통계 자료였다. 나는 이 세 가지의 자료를 회의실에 넓게 펼쳐놓고, 연구하기 시작했다. 국장님이 뭐하느냐고 내게 물어왔지만, 할 일 없을 때 배송 동선이나 다시 짜보려고 한다며 대충 얼버무렸다. 나의 연구 목적은 우리 섬에 거주하는 모든 사람 중에서 우리 가족에게 원한을 가질만한 사람을 놓치지 않고 추리는 것이었다. 그렇기에 먼저 우리 섬에 어떤 인간들이 사는지 그들의 명단을 모두 내 눈과 뇌로 확인을 해야만 했다.

우리 섬의 인구는 총 3,628명, 이중 남자가 1,869명, 여자가 1,759명이다. 나는 인명부에서 범인일 확률이 적은 사람들부터 먼저 지워나갔다. 이사 온 지 얼마 안 된 우리 가족과 용찬이 내외는 인명부 리스트에 없었다. 일단 나와 함께 일하는 국장님과 현중이, 내가 이미 죽였던 경찰지구대장, 그리고 중학생 이하의 어린아이들 대략 240명, 70세 이상의 남녀 노인 대략 700명, 이 모두를 일일이 지워나가는 것도 쉽지는 않았다. 그런데 작업을 하다가 문득, 이 모두를 지운다고 해도 여전히 대략 2,700명이 남는다는 사실을 깨달았다. 순간 '의미 없는 짓을 하고 있는 것은 아닐까?'라는 회의감이 나를 덮쳐왔다. 결국, 이 섬에 있는 모두가 용의자라는 원점으로 돌아올 수밖에 없었다.

방법을 바꾸기로 했다. 인명부에서 삭제하는 것이 아니라, 우리가 이 섬으로 들어오고 난 후, 조금이라도 우리 가족과 마찰이 있었던 사람의 리스트를 만드는 것으로 말이다. 기억에 의존해야 했기에 그 작업도 만만치는 않았다. 담배가 피우고 싶어졌다. 사무실 밖으로 나왔다.

오전 10시 43분

담배가 달았다. 인생이 쓰니 담배가 지나치게 달게 느껴졌다. 내가 아내를 지킬 수 있는 시간은 불과 몇 시간도 남지 않은 시점이었다. 또다시 이 하루가 반복될 것이라는 보장은 어디에도 없었다. 차라리 내가 범인을 잡을 때까지 기회를 주겠다는 신의 전언이라도 있었으면 좋았겠지만, 침묵하는 것이 특기인 신이 내게 그런 호의를 베풀 리가 없었다. 결국 이 섬에 있는 모든 사람이 용의자인 상황에서 나는 갈피를 잡지 못하고 있었다. 담배가 타들어 가는 것이 꼭 내 마음과 같았다. 처마 밑의 내 모습이 애처롭게 느껴졌다.

한 무리의 관광객들이 돌아다니는 모습이 눈에 들어왔다. 아마도 뭍으로 나갈 배를 찾아다니는 모양이었다. 그들이 부산을 떨고 다니는 모습이 꽤나 우스웠다. '저들은 왜 기상청의 경고를 무시하고 이 섬에 남았을까? 긍정적인 사람들이라서? 아니면 기상청을 믿지 않아서?'라는 호기심이 피어올랐다.

그리고 곧 그 호기심은 내게 옛 기억 하나를 가져다 놓았다. 몇십 년이나 지나서 잊고 있었던 더러운 기억. 나는 자리를 박차고 일어날 수밖에 없었다. 가만히 곱씹어 보면 몇 번의 반복된 하루 속에서 그 새끼는 종종 내 곁에 나타났다. 내가 기억을 해내지 못했을 뿐, 그는 몇 번이나 내 앞에 나타나 자신의 존재감을 과시하고 있었다. 어쩌면 내가 자신을 기억하지 못하는 것을 비웃기라도 하듯 말이다. 그리고 과거의 그 일 때문이라면, 이 새끼가 그때 내게 원한을 품었더라면, 논리적으로 가능한 시나리오가 내 머릿속에서 펼쳐졌다.

이 새끼는 며칠 전에 자기의 지인들과 함께 이 섬에 들어왔을 것이다. 마치 관광을 온 낚시꾼처럼 말이다. 그리고 우연인지, 필연인지, 혹은 악연인지, 자신의 앞을 지나가는 내 모습을 보고, 나에게 복수를 해야겠다는 생각이 들었을 것이다. 이미 몇 번의 기회를 놓쳤을지도 모른다. 그리고 기상청의 경고를 무시하고 이 새끼는 섬에 남았다. 내게 쌓인 원한이 계속 그를 자극했기 때문이다. 그리고 내가 가장 사랑하는 내 가족의 목숨을 빼앗음으로써 이 새끼는 나에 대한 복수를 완성한다. 완벽한 시나리오였다. 그게 아니라면, 이 새끼는 어디선가 내 정보를 알아낸 후 일부러 섬에 들어왔을 수도 있다. 그러나 어쨌든 결론은 같았다.

최초로 아내와 하나가 죽음을 맞이했을 때, 나는 이 새끼와 마트에서 만났었다. 시간을 따져보면, 이 새끼는 아내와 하나를 살해한 이후에 마트에 왔을 가능성이 높았다. 그럼 그 새끼가 마트에 들어와서 나와 마주친 것은 우연이었을까? 아니면 나를 보고 비웃고 싶어서 일부러 나를 따라 들어온 것이었을까? 그리고 반복이 있었을 때, 이 새끼는 우리와 민박집에서 만났었다. 이것 또한 우연이었을까? 아니면 일부러 우리를 쫓아온 것일까? 혹여 아내와 하나의 곁을 얼쩡거리면서 내가 자리를 비우기만을 기다리고 있었던 것은 아니었을까?

정돈되지 않은 생각이 나를 뒤흔들자 갑자기 가슴이 두근거리기 시작했다. 어찌 됐든 드디어 범인을 찾았다는 확신이 들었다. 범인은 생각보다 가까운 곳에 있었다. 다행히 아직은 이 새끼를 잡을 충분한 시간이 내게 남아 있었다. 아내와 하나는 학교에 있을 시간이었다. 하교 시간이 되기 전에 내가 먼저 이 새끼를 잡는다면 승산이 있었다.

오전 10시 52분

내 차는 우체국에 그대로 두고, 일할 때 쓰는 우편 물류 차량을 몰고, 이 새끼와 마주쳤던 그 민박집으로 향했다. 이 새끼가 아직 움직이지 않고 그대로 그곳에 머물기를 바라면서 말이다. 물론 모든 것은 심증이었다. 나는 이성적이고 합리적인 사람이다. 내게는 물증도 필요했다. 내리는 비를 아랑곳하지 않고 거칠게 차를 몰았다.

민박집과 약 50m 정도의 거리에 있는 주차장에 차를 세웠다. 우편물 배송 차량을 이용했기 때문에 나를 이상하게 볼 사람은 아무도 없었다. 혹시나 몰라서 일할 때 입는 외투와 우비도 입었다. 일종의 위장이었다. 그간의 여러 경험을 곱씹어 보자면, 이 새끼는 나를 고통스럽게 하고 싶을 뿐, 전혀 무서워하지는 않는다. 혹시나 이 새끼가 나를 알아보고 애초의 계획을 바꿔서 그냥 나를 먼저 죽이고, 아내와 하나를 뒤늦게 죽일 수도 있는 일이었다. 그리고 또다시 반복이 찾아오지 않으면 그걸로 모든 것이 끝이었다. 물론, 이 새끼가 나에 대한 모든 것을 이미 알고 있다면 사실 이 모든 방책이 무의미하다는 것 정도는 알고 있었다. 그러나 내게 주어진 모든 여건을 감안했을 때 변장은 최악을 대비하기 위한 최소한의 예방책이었다.

주차장에서는 민박집 안의 상황이 확인이 되지 않기 때문에 이 새끼가 아직 민박집 안에 머물고 있는지를 확인할 길이 없었다. 혹시 이 새끼가 다른 민박집에 머물고 있거나, 이미 초등학교 앞에서 아내와 하나를 기다리고 있을지도 모를 일이었다. 변수가 너무 많았다. 그러나 변수를 모두 확인할 수 있는 능력이 내게는 전혀 없었다. 일단 잠자코 기다리기로 했다. 그리고 잠시도 눈을 떼지 않고, 민박집 입구를 바라보기만 했다.

오후 12시 16분

얼마간의 시간이 흘렀다. 종종 관광객들이 오가기는 했지만, 그 새끼의 흔적은 찾을 수 없었다. 출입구가 여기 한 곳뿐이라 내가 그의 행적을 놓쳤을 가능성은 희박했다. 조금만 더 지켜보다가 우편물을 배송하는 척 민박집 안으로 들어가 보기로 마음먹었다. 만약 내가 도착하기 전에 이 새끼가 민박집을 떠난 것이라면 나는 더 늦기 전에 학교로 향해야 했다. 마음이 초조해졌다.

오후 12시 31분

오래 참음의 결실이었을까? 드디어 이 새끼가 내 앞에 자신의 모습을 드러냈다. 민박집 밖으로 우산을 쓰고 나온 3명의 일행 중에서 그 새끼가 섞여 있었던 것이다. 일행은 내 차 근처로 가까이 걸어왔다. 심장이 두근거렸다. 이 새끼들이 갑자기 나를 급습할 수도 있는 일이었다. 나는 조용히 차 키를 손에 쥐었다. 그러나 일행은 곧바로 자신들의 차로 향했다. 내 차와는 다소 거리가 있었지만, 나는 그들에게 들키지 않기 위해 몸을 잔뜩 웅크렸다. 그러나 그들은 이번에도 내 존재를 크게 신경 쓰지 않고, 차에서 몇 개의 짐을 챙겨서 다시 민박집으로 들어가 버렸다.

하늘이 도운 것일까? 감사하게도 변수는 하나로 줄어버렸다. 이 새끼가 만약 진짜 범인이라면, 앞으로 1시간 후에 민박집을 나와 우리

집으로 향할 것이다. 그때 이 새끼를 따라가 뒤에서 잡아버리면 그만
이었다. 다행히 차에 공구함이 있었다. 나는 공구함을 열어 멍키스패
너를 꺼내 손에 쥐었다. 차라리 경찰을 부를까도 생각했지만, 이미 경
찰에 대한 모든 신뢰를 버렸기 때문에 그 생각은 논외로 두었다.

오후 1시 22분

시간이 다가올수록 마음이 더욱 초조해졌다. 하늘이 주신 기회를
놓치기 싫었다. 한편으로는 하늘에 감사했다. 나는 오늘 아내와 딸을
살리고 내일을 맞이하는 상상에 잠겨 있었다.

오후 1시 31분

데드라인이 가까워 왔다. 아내와 하나가 스쿨버스에 오를 시간이
었다. 아내에게서 전화가 왔지만 받지 않았다. 어차피 만약 이 새끼
가 범인이 아니라면, 이제 내가 아내를 지킬 수 있는 다른 방법은 없
었다. 방어적인 방법으로 수없이 도망쳤지만, 늘 결과는 같았기 때문
이었다. 이 순간, 나는 아내와 하나의 목숨을 걸고 위험한 도박을 해
야 했다. 온갖 생각이 나를 어지럽게 만들었다. 차라리 이 새끼가 진
짜 범인이길 간절히 소원했다.

이윽고 민박집 대문이 열리고 누군가가 우비를 입고 걸어 나왔다.

교화도(蛟花島) 이야기

바로 그 새끼였다. 그리고 그가 입은 우비! 그것은 내가 두 번째 반복 때, 뒤에서 공격을 받고 바닥에 널브러져 있을 때 목격했던, 범인이 입었던 우비와 완전히 동일한 것이었다. 내게는 심증뿐만 아니라 물증을 찾은 격이었다. 일단 침착하게 이 새끼의 행동을 조금 더 지켜봤다. 그는 자신의 차로 향했다. 그가 지금 우리 집으로 향한다면 이 모든 것이 시작되었던 그날의 그 시간과 정확히 일치했다. 그는 자신의 차 앞에서 잠시 주변을 두리번거리더니 트렁크에서 무언가를 꺼냈다. 칼이었다. 분명히 칼이었다. 더 이상 고민할 필요가 없어졌다. 나는 차에 시동을 걸었다.

오후 2시 14분

주변 사람들에게 나는 늘 성실한 사람이라고 인정을 받았다. 대학교에서 동아리 활동을 할 때도 그렇고, 직장생활을 할 때도 그랬다. 내 사업을 할 때는 더할 나위가 없었다. 나는 모든 일에 진심으로 임했다. 심지어 아내가 내게 반한 이유도 내 특유의 성실함 때문이었다. 언제 어디서든 나를 둘러싼 사람들은 늘 내게 이야기했다.

"진교 씨는 어디서든 성공할 사람이야."
"양 대표는 참 좋은 달란트를 가지고 있어! 요즘 젊은 애들 같지 않아서 아주 좋아!"

달란트? 헛소리! 모두가 나를 잘 모르는 사람들의 헛소리일 뿐이었다. 내가 성실한 이유는 타고난 달란트 따위가 아님을 내 스스로가 너무 잘 알고 있었다. 그러면 성공하고 싶어서? 그건 일부의 이유는 될 수 있지만, 결코 나의 전부를 설명할 수는 없었다. 내가 모든 순간에 성실했던 이유는 사실 나의 내면의 상처 때문이었다.

그것은 곧 버려짐…….

나는 사람들에게서 버려지지 않기 위해 매 순간 노력했던 것뿐이었다.

'나 너를 위해서 이렇게 열심히 하는 것 보이지? 그러니까 제발 날 버리지 말아 줘!'

비록 내 얼굴은 웃고 있었을지라도, 내 속은 늘 불안에 떨고 있었다. 그것이 어떤 상황에서든 말이다. 그만큼 나는 사람들의 반응에 예민했고, 인간관계에 있어서 내 내면의 상처는 항상 늘 나를 찢어놓기 일쑤였다. 나는 늘 사람들과 깊은 인연을 맺는 것을 두려워했고, 조금이라도 사람들과의 관계가 깊어지려고 하면 늘 내 상처가 스스로에게 어깃장을 놓았다. 적어도 사람들을 대할 때 내 삶의 운전대는 내가 아니라 나의 상처가 잡고 있었다. 이런 내가 결혼이라는 것을 한 것은 정말 기적과 같은 일이었다. 그리고 나는 그 기적을 잃어가고 있었다.

교화도(皎花島) 이야기

'내가 죽어도 내 기적만큼은 살리고야 말리라……'

관계에 대한 내 상처가 어디에서부터 시작되었는지 나는 너무나 잘 알고 있다. 어렸을 때 나는 몸이 약했다. 어머니의 말로는 내가 5살 때부터 스스로 걷기 시작했다고 하니까 타고난 운동 능력도 거의 0에 가까웠던 것 같다. 병치레를 자주 하고, 운동도 못 하니까, 동네 친구들은 나와 같이 놀아주지 않았다. 나와 같은 편으로 놀이를 하면 늘 졌기 때문이었을까? 아마 그랬을 것이라 생각한다. 운동신경이 필요한 축구, 농구, 야구뿐만 아니라, 비석치기, 구슬치기, 다방구 같은 전통 놀이에서도 나는 늘 외톨이였다. 나도 끼워달라고 아이들에게 수없이 부탁했지만, 나는 늘 아이들에게서 외면당했다. 아이들이 부러웠고, 내 자신이 서러웠고 자주 울었다. 가끔 지나가다 이 장면을 목격한 동네 아저씨들이나 학교 선생님이 왜 나랑은 같이 안 놀아주느냐고 다른 친구들을 혼내면, 그때야 나는 비로소 놀이에 참여할 수 있었다. 일명 '깍두기', 그리고 나와 한편이 된 아이들은 투덜거리며 내게 이야기하곤 했다.

"넌 아무것도 하면 안 돼! 골대 밑에만 있어!"

국민학교 고학년 때로 기억한다. 동네 어귀에 또래 친구들이 모여서 서성이고 있길래 나도 그들과 같이 놀려고 다가갔다. '뭐 하고 놀까?'를 주제로 토론을 하다가 한 친구가 유치원에 가서 숨바꼭질을 하자고 했다. 그리고 다른 친구들도 그에 호응했다. 우리는 유치원으로 향했다. 그 당시 우리 동네에서 유치원 건물까지는 꽤나 거리가 있었던 것으로 기억한다. 걸어가면서 무슨 대화를 나눴는지는 기억이 나지 않는다. 당시 국민학교 고학년이었던 나는 내심 숨바꼭질이 아이들이나 하는 유치한 놀이라고 생각했지만, 따돌림당하는 것이 두려워 친구들의 의견대로 따라갈 수밖에 없었다. 숨바꼭질을 시작한 후 얼마 지나지 않아 내가 술래인 차례가 왔다. 나는 고개를 벽쪽으로 돌리고 두 손으로 눈을 가린 후, 열심히 "꼭꼭 숨어라! 머리카락 보일라!"를 외쳤다. 아이들이 숨는 소리가 들렸다. 얼마간의 시간이 흘렀을까? 나는 아직도 그 정적을 기억한다. 조금의 소음도 없는 완전한 정적. 이내 나는 눈을 뜨고 아이들을 찾기 시작했다. 당시 유치원 터는 그렇게 넓지 않았다. 지금의 평범한 놀이터 정도의 크기일까? 그런데 아무리 돌아다녀도 친구들의 모습이 보이지 않았다. 정말 말 그대로 눈앞에서 완전히 사라진 것이었다. 나는 울기 시작했다. 나를 빼고 친구들이 모두 외계인에게 납치됐을 거라는 확신 때문이었다. 나는 울면서 동네를 헤매기 시작했다. 친구들을 살려야 했다. 지나가던 동네 아저씨들이 내 이야기를 듣고 나를 놀렸다. "이 녀석아! 말이 되는 소리를 해라!" 그러나 나는 진심이었다. 목숨을 걸고라도 친구들을 찾고 싶었다. 그렇게 몇 시간이나 지났을까? 온 동네를 뒤지고 다니던 나는 술래잡기를 같이했던 친구들이 시장터에서 아랫마을 친구들과 구슬치기를 하면서 놀고 있는 모습을 보고야 말았다. 내 친구들은 외계인에게 납치된 것이 아니었다. 후에 알고 보니 그날 아랫마을 친구들과 구슬치기 시합을 하기로 했었는데, 초대하지 않았던 내가 불쑥 나타났고, 나를 버리기 위해 그들은 숨바꼭질을 제안했던 것이었다. 관계에 대한 내 삶의 첫 비참함은 그때였던 것 같다.

교화도(咬花島) 이야기

그리고 그런 일은 내게 비일비재했다. 그때부터였던 것 같다. 나는 두려웠다. 버려지는 것이 두려웠다.

국민학교를 졸업하고 부모님의 일자리를 따라 충청도 진성군이라는 곳으로 이사를 갔다. 그리고 그곳에서 중학교에 진학했다. 내가 자란 산골보다는 큰 동네였지만, 역시나 지방에 위치한 학교였고, 전교생이라고 해봐야 겨우 100명을 넘지 않았던 것으로 기억한다. 그런데 그 중학교는 선후배 간에 괴상한 악습이 있었는데, 그것은 선배들이 후배들을 자주 폭행하고, 돈을 빼앗는 일이었다. 나도 그 악습에서 예외는 아니었다. 더군다나 타지에서 그것도 진성군보다 더 시골 동네에서 이사 온 나를 곱게 봐주는 선배나 친구는 없었다. 나는 자주 선배들에게 끌려가 곤욕을 당하곤 했다. 그들에게 구타를 당하고 돈을 뺏기는 것은 일상이었다. 그렇게 지옥과 같았던 1년이 지나고 내게도 후배들이 생겼다. 나도 그들에게 선배로 군림하고 싶었다. 그러나 나는 타지에서 온 전학생이었다. 더군다나 덩치가 크지도, 운동을 잘하는 편도 아니었다. 후배들은 그런 나를 보자마자 대놓고 무시하기 시작했다. 순간의 서러움 때문이었을까? 나는 동급생들보다 더욱 열심히 후배들을 때리기 시작했다. 내가 선배들에게 선물 받았던 지옥에 유황 연못을 더해서 후배들에게 대물림했다. 그리고 그들의 돈을 빼앗아 선배들에게 상납했다. 한 해 위의 선배들은 그런 나의 모습을 보고 나를 진정한 후배로 인정하기 시작했다. 그저 선배들의 칭찬이 좋았다. 드디어 나에게도 소속감이 생기는 기분이었다.

그때 내가 가장 많이 괴롭혔던 것이 바로 진수였다. 진수가 지금 내 눈앞에서 죽어가고 있었다. 그가 무언가 말하려는 듯 입을 뻐끔거렸지만 그의 목소리는 세차게 내리는 빗소리에 파묻혀 버렸다.

"그때는 나도 잘못했는데, 아무리 그래도 내 와이프는 건들지 말았어야지! 그리고 왜 날 원망한 건데? 그때는 시대가 그랬을 뿐이라고! 나도 살고 싶었다고!"

나는 죽어가는 그를 붙들고 애원했다. 이내 그의 몸이 축 늘어졌다. 집에 오는 동안, 차에서 눈물이 멈추지 않았다. 그리고 그 눈물에는 비록 내가 교도소에 가게 되더라도, 어찌 됐든 아내와 딸은 살렸다는 안도감이 숨겨져 있었다. 사실 내 인생 전체를 돌아봐도 이 새끼보다 내게 더 깊은 원한을 품을 사람은 없었기 때문에 이걸로 나는 모든 것이 끝났다고 확신했다.

내가 굳이 그를 죽일 필요는 없었다. 발목만 잡아두면 될 일이었다. 그런데 왜 나는 그 순간 그렇게 분노를 했을까? 그건 정말 이성을 잃어도 될 만큼 합리적인 분노였을까? 그의 모습에서 죽어가는 아내와 하나의 모습이 겹쳐 보였던 것은 또 왜였을까?

오후 3시 28분

아내와 딸은 여전히 죽어 있었다.
나는 손에 잡히는 모든 물건을 집어 던졌다.

AGAIN 7th

오전 7시 33분

"여보, 혹시 자기 나 모르게 누구한테 원한 산 일이 있어? 누구한테 협박받은 일이나?"

"뭐야? 아침부터? 나한테 무슨 말이 하고 싶은 거야? 원한? 협박? 내가 그런 일을 당하고 다닐 사람이야? 설마? 지금 자기 나 못 믿는 거야?"

아내의 말, 태도, 전해지는 감정……. 역시 모든 것이 어색했다.

오전 8시 54분

만약 내가 아니라면? 범인은 나를 괴롭히려는 것이 아니라, 혹여 아내에게 원한이 있다면? 내가 모르는 무언가가 있다? 십수 년 동안 한 이불을 같이 덮고 잠을 잔 아내가 마치 다른 사람처럼 느껴진다?

오전 11시 19분

부둣가에 차를 세워놓고 고심에 빠졌다. 생각해 보면 그간 내가 반복된 하루를 아내에게 설명할 때마다 아내의 반응이 조금 이상하긴 했다. 첫 번째 반복이 있었을 때, 초등학교 안의 벤치에서 우리는 대화를 나눴었다. 그때 아내는 나의 말을 믿어줬다. 내 이야기가 상식적으로는 말도 안 되는 이야기라 내 입장에서도 아내의 완전한 신뢰를 기대하지 않았지만, 적어도 아내는 내 부탁을 거절하지는 않았다. 이것이 내가 아는 아내의 타고난 성향이었다. 그러나 두 번째 반복이 있었을 때, 우리가 침실에서 이야기를 나누었을 때, 아내는 나의 말을 전혀 믿지 않았다. 그때 아내의 태도는 내가 아는 아내와는 전혀 달랐다. 그런데 또다시 같은 반복 때, 학교에서 이야기를 나눌 때, 아내는 갑자기 태도를 바꿔서 나를 믿어줬다. 왜 그랬을까? 똑똑하지 않은 머리를 굴려서, 명확하지도 않은 기억을 되살리려고 하니, 구토가 나올 것만 같았다.

원한? 그래! 생각해 보면 '원한'이라는 단어를 말할 때마다 아내의

교화도(皎花島) 이야기

반응이 조금 이상하긴 했다. 첫 번째 살인이 있었을 때, 그때의 정황만 가지고는 범인의 범행 동기를 명확히 알아내기는 어려웠다. 그저 때마침 집을 지나가던 좀도둑이었을 수도 있고, 아니면 집으로 향하던 아내를 보고 뒤틀려진 정욕이 올라와 아내를 뒤따라 온 변태 새끼였을 수도 있다. 그것이 아니라면, 마지막으로 남는 선택지가 원한에 의한 살인이었다. 그리고 첫 번째 반복 때, 우리는 그 수많은 가능성 중에서 '원한'은 전혀 선택지에 넣지 않았다. 그때 아내는 나를 믿었다. 그런데, 두 번째 살인이 있었다. 범인은 내가 하나의 약을 가지러 집에 갔던 그 짧은 틈을 이용해서 범행을 저질렀다. 누가 봐도 원한에 의한 살인이라는 것이 명확해지는 순간이었다. 그 '원한'이라는 범행 동기가 혹시 아내의 태도 차이를 불러온 것은 아니었을까? 혹시 내가 침실에서 이야기할 때, 아내는 내 말을 안 믿은 것이 아니고, 범인이 누구인지 어렴풋이 알고 있는 것이 아니었을까? 아니, 명확히 범인이라고는 할 수 없지만, 그간 아내가 몹쓸 놈에게 협박을 당하고 있었던 것이 아니었을까? 오히려 아내는 그때 침실에서 날 더 믿었던 것이 아니었을까? 아내가 그때 내게 했던 말이 내 가슴을 마구 소용돌이치게 만들었다.

"진짜 살인마가 이 섬을 돌아다니고 있다면, 나 학교에 가서 우리 아이들 지켜야 돼!"

아내가 범인을 알고 있다? 그래서 자기 선에서 해결하려고 했다? 이게 상식적인 접근이라는 생각이 들었다. 그러면 아내에게 원한을 가진 사람은 누구지? 그런데 이건 또 말이 되지 않았다. 우리는 이 섬에서 따돌림을 당했을 뿐, 누구에게도 원한을 가질만한 일을 저지른 적이 없었다. 지구대장과 가끔 으르렁거리기는 했지만, 단순히 그것 때문에 정년이 몇 년 남지도 않은 사람이 살인을 저지른다? 아무리 생각해도 도무지 말이 되지 않았다. 더군다나 지구대장은 이미 내가 죽인 적도 있었다. 그러면 텃밭 구획을 놓고 우리에게 갑질을 했던 주동리 이장? 그 늙은이가? 그럴 리가 없었다.

아내는 아침에 학교에 가서 오후 3시에서 4시경에 집에 돌아온다. 그리고 가정주부로서의 다른 삶을 살아간다. 가끔 용찬이네와 교류를 하기는 하지만, 용찬이네는 직업 특성상, 밤에 일을 하고 낮에 잠을 자기 때문에 그마저도 자주 있는 일이 아니었다. 무엇보다 세 번째 반복 때, 용찬이 내외는 아내와 하나와 같이 죽었었다. 아무리 생각해도 용찬이가 범인일 리는 없었다.

나는 생각하는 작업을 거기에서 딱 멈췄다. 더 이상의 생각은 억측을 낳을 뿐이란 것을 나 스스로가 너무나 잘 알고 있었기 때문이었다. 일단 내가 모르는 아내의 모습을 조금 더 알아보기로 했다. 하늘은 내가 아내와 하나를 살리는 것이 중요한 것이 아니라, 지금 이 일이 일어나는 원인에 대해 먼저 알라고 이 기회를 계속 주는 것일지도 모른다는 생각이 들었다.

혹시 아내가 믿지 못하는 대상이 지금 내가 빠진 시간의 무한루프가 아니라, 그냥 나 자신이라면? 여태껏 내가 아내에게 믿음을 주지

교화도(咬花島) 이야기

못하는 사람이었다면? 혹여 나에게 도움을 요청하지 못할 만큼 아내가 위험에 빠진 상황이라면? 모든 것이 의문투성이였다. 아내와 대화를 해야 했다. 전화로 말고 얼굴을 마주 보고 말이다. 아내의 태도를 확인하면서 말이다. 차를 학교로 돌렸다.

오전 11시 41분

퇴근 시간까지 기다릴까 생각했지만, 그러기엔 내 자신이 너무 조급했다. 학교 앞에 도착해서 아내에게 전화를 걸었다. 그런데 생각지도 못하게 뒷자리에서 핸드폰 진동음이 들렸다. 운전석에서 몸을 돌려 뒷좌석을 봤더니 시트 위에 아내의 핸드폰이 떨어져 있었다. 결코 이런 실수를 하지 않는 사람인데 의외였다. 나는 뒷좌석으로 자리를 옮겼다. 아내의 핸드폰을 주워들고 잠시 망설이다가 그 안을 들여다보기로 했다. 그런데 잠금 패턴이 내가 아는 것과 다르게 바뀌어 있었다. 하나가 태어나고 우리 부부는 핸드폰 패턴을 서로 동일하게 바꿨었다. 별다른 이유는 없었다. 하나가 수시로 핸드폰으로 영상을 보고 싶어 하는 통에 귀찮아서 그랬던 것 같다. 결혼 후에 난 단 한 번도 아내의 핸드폰을 몰래 훔쳐본 적이 없었다. 그럴 필요도 못 느꼈던 것 같다. 그건 아내도 마찬가지였을 것이라 생각한다. 그런데 하필 아내의 핸드폰을 확인하고 싶은 충동과 필요를 느낀 지금 이 순간, 어디선가 갑자기 튀어나온 벽이 나를 막아섰다. 마치 아내가 내가 그런 행동을 하지 못하도록 일종의 안전장치를 걸어둔 것이 아닌가 하는 생각까지 들었다. 난생처음으로 아내와 무언가 벽이 생긴듯한 느낌이었다. 나의 조급함이 극에 달했다. 그리고 더욱 솔직한 심정으로는 아내가 내게서 숨겨놓은 일상을 엿보고 싶은 마음이 커져갔다.

아내를 만나야 했다. 용기를 내서 차에서 내렸다. 그리고 학교로 걸어 들어갔다. 정문에서 경비아저씨가 나를 막아섰다. 나는 아내가 핸드폰을 놓고 가서 전해주러 왔다고 대충 얼버무렸다. 원래 알고 지내던 사이라 아저씨는 더 이상 나를 막지 않았다. 다행이었다.

> "행복한 가정은 모두 비슷한 이유로 행복하지만 불행한 가정은 저마다의 이유로 불행하다."
>
> – 레프 톨스토이, 《안나 카레니나》 中

오전 11시 48분

학교 교무실은 3층. 나는 중앙 계단을 따라 교무실로 올라갔다. 아내의 일상을 들여다보고 싶은 마음을 주체하기 힘들었다. 결코 감시할 생각은 아니었다. 혹여 다른 선생님들을 마주치면 어쩌나 하는 생각도 들었지만, 아내가 핸드폰을 가져다 달라고 그랬다고 대충 얼버무릴 셈이었다. 학교에는 빈 교실이 많았다. 몇십 년 전만 해도 이 섬의 인구는 만 명이 넘었다고 한다. 그때는 초등학교도 3개나 있었는데, 여느 시골 마을 초등학교들처럼 이곳도 인구가 많이 줄어들면서

교화도(鮫花島) 이야기

아이들의 수도 급감하였다. 그래서 3개 학교를 통폐합했는데도 학생의 수는 많지 않았다.

2층에서 3층을 올라가려고 하는데, 측면 계단 쪽에서 발소리가 들렸다. 몸을 돌려보니 아내가 누군가와 함께 1층으로 내려가고 있었다. 먼저 지나간 아내의 동행은 제대로 보지 못했다. 아내를 부르려다가 학생들의 수업에 방해가 될까 봐 나는 조용히 그 뒤를 따랐다. 훔쳐보고 싶었던가? 사실 그랬던 것도 같다. 1층은 급식실 혹은 특별활동 교실로 쓰거나, 아니면 거의 빈 교실이었다. 곧 점심시간이라 급식실에서 맛있는 냄새가 났다. 1층으로 내려온 나는 아내를 찾기 시작했다. 복도에는 불을 켜두지 않아 조금 어두웠다. 아직 점심시간이 되지 않았는데, 학교 밖으로는 나가지 않았을 것 같았다. 이내 교실 문이 열리는 소리가 들리는 쪽으로 고개를 돌리자 아내와 한지철 선생님이 1층 복도 끝의 빈 교실로 들어가는 모습이 보였다. '분명 수업 시간일 텐데 무슨 일이지?' 조금은 두려운 마음, 조금은 떨리는 마음으로, 나는 조심스럽게 그들이 들어간 교실로 다가갔다.

곧 내 눈앞에 펼쳐진 개 같은 광경. 그리고 그것은 나를 비참함에 빠진 남편으로 만들어 버리기에 전혀 부족함이 없었다. 이제껏 내 인생에서 아내가 불륜을 저지르는 장면을 내 눈으로 확인하게 될 줄은 꿈에도 몰랐다. 그런 더러운 상상을 한 적조차 없었다. 이 순간에 분노가 치밀어 오르지 않는 사람이 있다면 그건 아마 인간이 아닐 것이다. 내게서 이성의 끈은 아주 손쉽게 끊어져 버렸다. 당장이라도 들어가서 이 개 같은 연놈들을 쳐 죽이고 싶었다. 그러나 수업 종료를 알리는 종이 나를 잠시 막아섰다. 나는 아내의 눈에 띄지 않게 복도의 기둥 뒤로 몸을 숨겼다. 내가 왜 숨었는지는 나 자신도 알지 못했다. 이미 망가지기 시작한 마음을 다시 부여잡고, 교실 창문 아래로 몸을 숙인 채 눈만 들어 둘의 모습을 다시 쳐다봤다. 종소리 때문이었을까? 어느새 둘은 거리를 두고 떨어져 있었다. 당장이라도 들어가서 쳐 죽이고 싶었다. 손에 땀이 차오르고 호흡이 가빠졌다. 이런 합리적인 분노라면 신이라도 용서를 해줄 것이라는 확신도 차올랐다. 그러나 곧 아이들이 복도 계단을 따라 아래층으로 내려오는 소리가 들려왔다. 아마도 아이들이 1층에 있는 급식실로 향하는 중인 것 같았다. 저 중에는 하나도 끼어 있을 것이었다. 분노와 현실 사이에서 잠깐 갈등이 있었지만, 다행히 현실이 게임을 간단히 이겨버렸다. 매우 조용하고 긴 한숨이 내게서 쏟아져 나왔다.

나는 그대로 도망을 쳤다. 하나에게 자신의 엄마를 패 죽이는 모습을 보여줄 수는 없었기 때문이었다. 문득 도망치는 내 자신이 처참하게 느껴졌다.

오후 12시 13분

차를 가지고 집으로 오는 동안 몇 번인가 핸들을 내리쳤다. 그 때문에 사고도 날 **뻔**했지만, 조금도 겁이 나지 않았다. 다시 돌아가서 저 연놈들을 쳐 죽이고, 나도 죽어버릴까 생각했지만, 그러면 이 세상에 혼자 남을 하나에 대한 걱정이 나를 막아섰다.

교화도(皎花島) 이야기

결혼 후에 나는 단 한 번도 아내 외에 다른 여자를 안은 적이 없었다. 사업할 때, 간혹 소위 높은 것들에게 아부를 떨어야 하는 접대 자리가 있기는 했지만, 나는 결코 내가 지켜야 할 마지막 선을 넘지는 않았다. 또한 결혼 후에 몇 번인가 내 뒤틀린 성욕을 자극할 만큼 매력적인 여성이 내게 접근할 때도 있었지만, 결단코 아내와 가족을 배신한 적은 없었다. 그만큼 내가 아내를 사랑했기 때문이었다. 나는 돈 때문에 아내를 힘들게 한 적은 있었을망정, 여자 문제 때문에 아내를 힘들게 한 적은 없었다. 물론 지금까지는 아내도 그럴 것이라 믿어왔다. 적어도 이 더러운 광경을 직접 내 눈을 보기 전까지는 말이다.

'차라리 죽어버릴까? 가슴팍에다가 「바람난 년의 남편. 지옥에서 저주하마.」라고 적어놓고, 목을 메어버릴까? 그러면 내가 받았던 충격을 아내도 고스란히 받을까?'

'혹시 하나도 내 아이가 아닌 것 아니야? 응? 그럼 혹시 하나의 친부가 범인 아니야? 하나의 친부가 찾아와서 아이를 내놓으라고 하니까 서로 몸싸움하다가 살인이 난 것 아니야? 아내를 죽이고 하나를 납치하려다가 하나가 너무 심하게 저항하니까 그냥 죽여버린 것 아니야? 근데 그러면 한지철…… 이 개새끼는 뭐지?'

온갖 더러운 상상들이 나를 파괴하기 시작했다. 생각은 망상을 불러오고, 망상은 곧 파멸의 생각을 불러왔다. 그렇게 나는 자꾸 자기

연민에 빠져들었다. 적어도 내 머릿속에서 나는 바람난 와이프를 둔, 내 새끼인지도 모를 아이를 키우기 위해 온갖 정성을 다 쏟은, 한심한 인간으로 전락하고 있었다. 그러나 내가 간신히 되찾은 이성의 끈은 일단 아내를 만나 이야기를 들어보라고 나를 설득하고 있었다. 나는 아내의 말을 들어보기로 했다. 그렇게 스스로를 위로하고 설득하고 있는 내 모습이 무척이나 불쌍하게 느껴졌다.

오후 12시 34분

집으로 돌아왔지만, 결코 분이 풀리지 않았다. 나는 여행용 가방을 꺼내 내 짐을 싸기 시작했다. 정말 내가 본 것이 아내의 불륜 현장이라면 더 이상 아내와 결혼생활을 유지하는 것이 불가능하다고 생각했다. 하나에게 험한 꼴을 보이고 싶지도 않았다. 내가 이대로 집을 떠나는 것이 최선이었다. 이혼하면 그만이었다. 그러나 결코 아내를 용서하지는 않을 것이라고 다짐하고 또 다짐했다. 이젠 아내가 죽든 말든 내 알 바가 아니라는 생각까지 들었다.

오후 2시 23분

"뭐야? 집에 있었네? 언제 끝났어? 우리 좀 데리러 오지! 웅? 근데 이 캐리어는 뭐야? 어디 가?"

집으로 들어서며 내게 아무 일 없는 듯 말을 꺼내는 아내의 태도가 경멸스러웠다. 나는 아내의 물음에 대꾸를 하지 않고 그저 소파에 앉아서 혼자 떠드는 TV만을 주시하고 있었다. 하나가 내 무릎에 올라와 앉았다. 그러나 나는 하나를 내 옆자리로 내려놓았다. 하나가 다시 내 무릎으로 올라오려고 했지만, 나는 허락하지 않았다. 아내는 그제야 살짝 내 눈치를 살피는 듯했다.

"응? 내 핸드폰 여기 있었네? 집에 놓고 갔었나? 전화 좀 받지! 얼마나 전화 많이 했는데!"

아내는 내가 아무렇게나 거실 바닥에 던져놓은 자신의 핸드폰을 주워들며 다시 말을 꺼냈다. 하루 종일 내연남이랑 놀다 왔으면서 사람이 어떻게 저렇게 뻔뻔할 수가 있단 말인가? 배우 못지않은 아내의 연기 솜씨에 나는 소름이 돋았다. 하나에게 TV를 틀어줬다. 하나가 내 새끼든 아니든, 어른들의 치부가 아이에게 상처가 돼서는 안 된다는 생각이 나의 이성을 겨우 붙잡고 있었다.

아내를 데리고 밖으로 나왔다. 그리고 둘이서만 차에 올랐다.

오후 2시 30분
────────

"이혼해 줄까? 젊은 새끼랑 그렇게 나뒹구니까 기분 좋았냐? 나는 그렇다 치더라도, 하나한테 미안하지도 않았냐? 하나가 바로 옆에 있는데 그딴 짓거리를 하고 싶었냐고?"

아내의 말을 들어보자는 내 다짐은 너무나 쉽게 무너지고 말았다.

나는 모든 분노를 담아 아내에게 말이 아닌 화살을 던졌다. 아내는 내 말에 아무런 대꾸도 하지 않았다. 아내에게 손찌검을 하고 싶은 생각 따위는 전혀 없었다. 그 대신 나는 입에서 나오는 더러운 구더기로 아내의 마음을 찢어버리고 있었다.

"하나가 내 새끼가 맞기는 한 거냐? 너 도대체 뭔 짓을 하고 다니는 거야? 이혼해 줄까? 그 새끼랑 새살림 차릴래? 그렇게 해줘?"

때마침 하늘이 내 마음을 닮은 천둥과 번개를 내려줬다. 차에는 적막이 흘렀다. 아내는 여전히 아무 말이 없었다. 아내의 볼을 타고 눈물이 흐르기 시작했다. 이미 말은 충분히 했다. 나는 잠자코 아내의 행동을 지켜봤다. 아내는 말없이 자신의 핸드폰을 꺼내 비밀번호를 풀고 내게 건네주었다. '어쩌라는 거지? 이것이 무슨 의미일까?' 나는 떨리는 손을 억지로 진정시키고 아내의 핸드폰을 받아 들었다. 거기에는 그간 아내가 그 인간 같지도 않은 새끼한테 당했던 참상이 고스란히 기록되어 있었다.

"경찰에 신고하려고 했어. 그런데…… 신고하면 그 영상들…… 사진들…… 우리 가족들한테…… 그리고 여기 섬 주민들한테……. 그거 그간 협박받았던 메시지들 모아놓은 거야. 나중에라도 신고하려고……. 그게 내가 할 수 있는……."

아내는 말을 쉽게 잇지 못했다. 나는 불륜의 현장을 목격한 것이 아니라, 그간 아내가 혼자 견뎌냈던 지옥의 현장과 마주쳤던 것이었다. 그때 그 순간, 나의 질투심과 아내에 대한 의심이 나의 눈을 멀게 만들었고, 나의 판단을 흐리게 만들었을 뿐이었다. 그리고 그러한 나의 모든 맹점은 그때 아내가 당했던 성추행을 애인 간의 스킨십으로

교화도(咬花島) 이야기

둔갑시켜 버리기에 충분했다. 역시 나는 치졸한 인간이었다.

"왜 말 안 했어? 왜 말 안 했냐고?"

소리를 지를 것은 아니었는데, 너무 분해서 나도 모르게 언성이 높아졌다.

"말하려고 했어! 근데! 우리 힘들었잖아! 힘든 시간들 견디고 있었잖아! 근데 어떻게 내가 말을 하겠냐고? 내가 조금만 참으면 될 줄 알았어! 곧 있으면 그 인간 곧 이 섬 떠나니까! 그러면 될 줄 알았다고!"

나는 할 말을 잃었다.

"오늘 학교에 왔었던 거야? 나를 봤던 거야? 그럼 구해주지! 왜 도망간 거야? 나 좀 구해주지! 하나가 당신 새끼냐고? 그래! 내 배 아파서 낳은 당신 새끼야! 당신을 사랑해서 낳은 내 새끼라고! 우리 아이라고……."

아내가 묵혔던 감정을 나에게 토해냈다. 나는 손을 뻗어 아내를 안았다. 아내도 내 품에 안겨왔다. 우리는 그렇게 붙잡고 울었다. 나는 또 멍청했고, 아내도 멍청했다. 멍청한 우리 둘은 그렇게 서로를 안아주었다. 그간 아내가 얼마나 힘들고 아팠을지 나는 상상조차 할 수 없었다. 아내는 내 품에 안겨서 떨고 또 울었다.

오후 2시 52분

아내의 이야기는 이랬다. 올해 봄에 선생님들끼리 회식이 있었는데, 그때 그 개자식이 술에 취해 정신을 잃은 아내를 집에 데려다주는 척하며 사택으로 끌고 갔다고 한다. 그리고 아내는 이 새끼한테 몹쓸 짓을 당했다. 뒤늦게 정신을 차린 아내는 이미 성폭행을 당한 후였고, 그때부터 이 새끼한테 협박을 당하기 시작했다. 아내는 경찰에 신고를 할까, 아니면 남편인 나에게 이야기를 할까도 고민했었지만, 이미 찍혀버린 영상들과 사진들이 지인들에게 퍼질까 봐 무서웠다. 그리고 정말로 그런 일이 일어났을 때, 나와 하나가 받을 충격을 감당할 자신이 없었다. 그래서 어차피 이 새끼는 내년에 육지에 있는 학교로 전근 가는 것으로 예정되어 있으니까, 그때까지만 견디면 된다고 생각했다.

그러나 그 시점이 다가올수록 이 새끼의 협박 수위는 높아졌고, 최근에는 남편인 나와 이혼하고 육지로 같이 이사를 가자는 파렴치한 제안까지 해왔다. 그렇지 않으면 나랑 하나를 죽이고 그간의 영상을 인터넷에 모두 풀어버리겠다는 협박도 함께였다. 짐승! 그간 이딴 인간을 좋은 사람이라고 생각했던 내 자신이 원망스러웠다. 그는 짐승! 그 이상도 이하도 아니었다.

더 이상 고민할 필요가 없어졌다. 이 새끼가 범인임이 분명했다. 그간 신이 내게 원했던 것은 살아서 지옥을 견디고 있는 아내를 구원하라는 것이었다. 나는 이제야 신의 뜻을 완전히 깨달았다. 그리고 내가 해야 할 바를 분명히 알게 되었다. 나는 아내를 구원하고, 그 새끼에게 죄에 대한 책임을 마땅히 물어야 했다. 아름다운 인간 세상을 지키기 위해 나는 짐승을 사냥해야 할 임무를 하늘로부터 받은 것이었다. 이 새끼가 육지로 기어나가서 또 다른 희생양을 찾기 전에 말이다.

차에서 아내를 내리게 했다. 아내는 완강히 거부했다. 내가 무슨 짓을 할지 알고 있었기 때문이었다.

"오빠! 이러지 마! 차라리 경찰에 신고하자! 오빠한테 무슨 일 생기면 하나랑 나는 어떻게 살라고? 이러지 마!"

아내는 오열하며 나를 말렸다. 그러나 분노에 잠식된 나는 복수 외에 다른 것은 보이지도 들리지도 않았다. 나는 아내를 차 밖으로 끄집어냈다. 그리고 나만 혼자 다시 차에 올랐다. 차를 출발시키며 룸미러로 뒤를 보니 아내는 바닥에 앉아 울고 있었다.

솔직히 이야기하자면, 이 새끼가 진범이든 아니든 사실 별로 상관없었다. 다만, 이 새끼를 당장 죽여버리지 않고서는 내 분을 다스릴 수가 없을 것 같았다. 나는 그렇게 또 한 번 짐승을 사냥하기 위한 짐승이 되기로 결정했다.

벌써 여섯 번이다. 이 개새끼야…… 너도 오늘 여섯 번 죽여줄게.

오후 3시 18분

"인생은 멀리서 보면 희극이고, 가까이서 보면 비극이다."

—찰리 채플린

"살려주세요. 잘못했습니다. 아버님! 제가 정말 죽을죄를 지었습니다. 살려! 살려만 주세요! 이렇게 빌게요! 제발 부탁드립니다. 제가다 잘못했습니다. 살려주세요. 제발! 살려주세요! 자수! 제가 가서 자수할게요!"

죽을죄를 지었다는데, 살려달라고도 한다. 논리가 전혀 없는 그의말에 어이가 없었다. 이 새끼도 그저 인간이었다. 피와 살과 뼈로 이루어진 한낱 인간일 뿐이었다. 그렇게 악마처럼 살 거면 영화에 나오는 악마들처럼 초능력이라도 쓸 줄 알아야 하는 것 아닌가? 그런데전혀 그렇지 않았다. 그는 세상 비굴한 얼굴로 나에게 매달려 자비를구걸하고 있었다. 종말의 때에 신의 심판대 앞에 꿇어앉은 하찮은 미물처럼 말이다.

내가 이 새끼를 만나러 오면서 학교 근처 공사장에서 쇠파이프를주운 것은 과연 하늘의 뜻이었다. 나는 유진서의 남편으로, 하나의아빠로, 그리고 신의 심판관으로 그의 앞에 섰다. 사택 앞마당에서나를 보자마자 도망치는 그를 따라잡는 것은 그리 어렵지 않았다. 그리고 쇠파이프로 그의 종아리를 후려치는 것은 조금 더 쉬웠다. 그러나 부러진 다리를 부여잡고 내게 살려달라고 애원하는 그의 목소리를 듣는 것은 도무지 견디기 힘들었다. 차라리 내게 죽을 듯이 덤비기라도 했으면, 나에게 일말의 자애로움이 남아 있었을지도 몰랐다. 그러나 그의 연약함이 나를 더욱 구역질 나게 만들었다. 그간 아내가겨우 이딴 가치 없는 새끼한테 협박을 당했다는 사실이 더 어처구니가 없었는지도 몰랐다. 역겨웠다. 강자에게는 약하고, 약자에게는 강한, 인간 본연의 더러운 심성이 말이다.

"하나 어머님! 유 선생님께도 제가 사과드리겠습니다! 그러니까요, 선생님, 제발 살려만 주십시오!"

그는 내 앞에서 아내와 하나의 이름을 입에 담지 말아야 했다. 그 더러운 주둥이에 말이다. 나는 쇠파이프로 그의 얼굴을 날려버렸다. 그리고 뒤로 고꾸라진 그의 몸에 올라타 그의 얼굴에 주먹질을 하기 시작했다. 그가 피를 토하기 시작했다. 뭐라고 자꾸 웅얼거렸는데, 무슨 말인지 도저히 분간이 되지 않았다. 아마도 살려달라고 그랬던 것 같다.

'내 아내도 너 같은 새끼한테 당하면서 그랬겠지? 빌었겠지? 그때 넌 뭐라고 했는데?'

아무리 때려도 도저히 분이 풀리지 않았다. 무언가 제대로 된 한방이 내게 필요했다. 뭔가 좋은 아이디어가 없을지 고민하다가 나는 사택 안으로 들어갔다. 아내가 성폭행을 당했던 그 공간으로 말이다. 운이 좋았는지 거실에서 다리미를 찾을 수 있었다. 전원을 연결하니 다리미가 금방 가열됐다. 나는 충분히 달궈진 다리미를 들고 다시 마당으로 나왔다. 다리미에 비가 닿자 새하얀 연기가 솟아났다. 이 새끼는 정말로 살고 싶었는지 부러진 두 다리를 질질 끌면서 사택 후문 쪽으로 기어가고 있었다. 속으로 웃음이 났으나 티를 내지는 않았다. 다만, 혹여 다리미가 식어버릴까 걱정되었다. 곧장 따라가서 이 새끼의 몸을 하늘 방향으로 돌렸다. 그리고 이 새끼의 파렴치한 성기를 다리미로 짓눌렀다. 고기 타는 냄새가 역겨웠다. 그가 비명을 지르기 시작했다. 다행히 절묘한 타이밍에 울려 퍼진 천둥소리가 그의 비명 소리를 잘 막아주었다. 역시 하늘은 나의 편이었다.

"넌 잘못한 것 없어. 이 새끼가 잘못한 거지. 이 새끼가 없어야 네가 다시 인간을 돌아올 수 있어. 내가 너에게서 악을 제거해 줄게."

나는 드디어 웃었다. 경찰지구대장을 죽일 때 이런 기분이었던가? 아마도 그랬던 것 같다. 나오는 길에 사택에 불을 질렀다. 아내가 수모를 당했던 그 더러운 공간을 그대로 두기는 싫었다. 비가 세차기는 했지만, 석유 보일러가 있어 생각보다 불이 잘 붙었다.

오후 4시 38분

집으로 돌아왔다. 피와 땀, 그리고 빗물에 젖어 내 모습이 엉망이었다. 아내와 하나가 죽어 있었다. 그러나 그리 놀랄 일은 아니었다. 나를 만나자마자 도망가는 한지철의 모습을 보고 나는 이 새끼가 진범이 아닌 것을 바로 직감했기 때문이었다. 내가 마주했던 범인은 이 따위로 약하지 않았다. 절대로…….

갑자기 피로가 몰려왔다. 아내와 하나의 시신을 거실로 옮겼다. 춥지 않게 이불도 덮어주었다. 그리고 피가 낭자한 안방은 들어가고 싶지 않아서 하나의 방에 들어가서 잠을 청했다. 참으로 오랜만에 달고 깊은 잠에 빠져들었다.

140 교화도(皎花島) 이야기

AGAIN 8th

"최선이었을까? 차선보다는 나은 선택이겠지만, 역시나 최선이 아니었음을 알기에 오늘도 나는 후회를 남긴다."

AGAIN Nth

침묵

신은 침묵했다. 나는 시간의 함정에 빠진 이후로 계속 그에게 기도했다. 그러나 그는 나에게 침묵으로 일관했다. 그는 내가 자신을 대신해서 심판관이 되길 원했지만, 내가 무엇을 해야 하는지를 가르쳐주지는 않았다. 그래서 나는 이 섬의 모든 사람을 차례대로 죽이기로 했다. 진범을 찾아낼 때까지 말이다. 어차피 아내와 하나를 지키기 위한 모든 소극적인 방법은 실패했다. 이제는 내가 먼저 범인을 색출해 낼 차례였다. 그리고 이를 위해 신이 내게 일임한 권한을 행사하기로 했다. 다행인 것은 지금 이 섬은 거대한 밀실과도 같다. 누구도

교화도(皎花島) 이야기

들어가거나 나가지 못한다. 이는 곧 범인이 악마의 화신이 아니라면 그는 나의 심판대를 벗어날 길이 없다는 뜻과 같았다. 내가 범인을 색출해 낼 때까지 어차피 하루는 반복될 것이고, 내가 하는 모든 행위는 無로 돌아간다. 그것도 나에게는 이점이었다.

심판

나는 결코 살인을 저지르는 것이 아니었다. 이 행위가 아내와 하나를 지키기 위한 최선의 방법임을 깨달았을 뿐이었다. 그래서 나는 이를 심판이라고 부르기 시작하였다. 한지철과 있었던 일처럼 내가 인간들에 대해 심판을 내리다 보면 언젠가 신의 뜻을 온전히 깨닫는 날이 올 것이라는 생각이 들었다.

집배원

나는 심판을 내리기 위해 좋은 도구를 가지고 있었다. 그것은 내가 집배원이라는 사실이었다. 내가 우편 배송 차량을 몰고, 집배원 옷을 입고, 방문을 하면, 아무 집이라도 문을 열어주지 않는 사람이 없었다. 더군다나 여기는 작은 섬이다. 주민들이 나에 대해 잘은 몰라도 내가 무슨 일을 하는 사람인지 정도는 대충 알고 있었다. 그래서 문은 더 쉽게 열렸다.

인명부

우체국에 인명부와 지도가 있었다. 이 좋은 도구로 나는 심판의 동선을 쉽게 그려나갈 수 있었다. 신은 정녕 나의 편이었던가?

10명

사람에게 심판을 내리는 일은 생각보다 쉽지 않은 작업이었다. 내가 할 수 있는 심판의 최대치는 약 10명이었다. 만약 내가 최후의 순간까지 범인을 찾지 못한다면 이 짓거리를 300번이나 반복해야 했다. 그리고 아내와 하나는 같은 횟수로 죽음을 경험해야 했다. 그러나 진정으로 불행한 점은 이 모든 것을 기억하는 사람이 오직 나뿐이라는 사실이었다.

손도끼

처음에는 심판의 도구로 칼이나 알루미늄 배트를 사용했다. 그러나 칼을 쓰니까 심판을 할 때 자꾸 내 손을 다치는 것이 문제였다. 재수 없을 때에는 칼이 내 손까지 밀려 올라와서 크게 다치기도 했다. 알루미늄 배트는 너무 거추장스러웠고, 무엇보다 심판할 때 너무 많은 체력이 필요하다는 것이 문제였다. 심판에 생각보다 걸림돌이 많아 짜증이 났다. 다행히 우연히 발견한 손도끼가 좋은 해결책이 되어 주었다.

자비

처음엔 손에 힘이 잘 들어가지 않았다. 나도 겁이 났을까? 아마도 그랬던 것 같다. 그러나 이 짓을 계속 반복하다 보니 절대 손에 자비를 둬서는 안 된다는 사실을 깨달았다. 그것은 나와 상대를 모두 힘들게 만드는 일이기 때문이었다. 내가 상대에게 베풀 수 있는 최선의 자비는 그(혹은 그녀)가 죽음을 인지할 시간조차 없을 만큼 강하고 빠르게 심판을 마무리하는 것이었다.

일과

아침에 아내와 하나를 학교에 데려다준다. 일상을 연기하는 것이 점점 힘들어진다. 우체국에 들러서 당일에 심판할 대상과 동선을 정하고 차를 가지고 나온다. 보통은 정오가 되기 전까지 오전 심판을 마친다. 이런저런 변수가 발생하면 조금 더 늦어지기도 한다. 변수란 이웃 주민들이 몰려들거나 혹은 경찰에 검거되는 것과 같은 일이었다. 특별한 변수가 없다면, 오전 심판을 마친 이후에 간단하게 점심을 해결한다. 옷에 피가 묻는 날이 많아 보통은 아침에 미리 준비한 도시락을 차에서 먹었다. 그리고 오후 2시 30분이면 매번 사택에 들러 한지철에 대한 심판을 진행했다. 이 새끼에 대한 심판은 영원히 계속되어야 한다고 생각했다. 그런데 자꾸 반복하니까 그것도 조금 시들해졌다. 그만할 때가 온 것 같다. 시간이 남으면 오후 심판을 진행했다. 그리고 해가 지고 집에 오면 항상 아내와 하나가 죽어 있었다.

J
‒

MBTI를 측정해 본 적은 없지만, 나는 J형 인간임이 분명했다.

카이로스의 시간

고대 그리스인들은 시간 개념을 두 가지로 분류했다. 첫 번째는 자연의 법칙에 따라 초, 분, 시 단위로 움직이는 절대적인 시간인 크로노스(χρόνος)의 시간과 두 번째는 각 인간이 느끼는 시간의 속도, 즉 인간 개개인에게 주관적으로 흐르는 카이로스(Καιρός)의 시간이다. 나는 카이로스의 시간에 갇혀버린 것일까? 아마 그럴 것이라 생각한다.

교화도(蛟花島) 이야기

서필

그런데 서필이는 누구였을까? 문득 궁금해진다.

허상

우리에게 꿈이란 쓸데없는 도피처일까? 아니면 잡히지 않는 허상
일까? 그런데 나는 오늘도 그 도피처와 허상이 일상이 되어버린 세상
을 살아간다.

AGAIN 89th

　여전히 비가 왔다. 맑은 하늘을 본 것이 언제였는지 이제는 기억조차 나지 않는다. 크로노스의 시간으로 따지면, 불과 며칠 전이겠지만, 카이로스의 시간에 갇혀 있는 지금의 나에겐 주어진 시간이 영원보다 더 먼 것처럼 느껴졌다. 날씨가 좋지 않기로 유명한 영국에는 우울증 환자가 많다는 이야기를 어디선가 들었던 것 같다. 영국 사람들이 햇빛을 자주 보지 못해서 그렇다고 했던가? 내 기억이 맞는다면 말이다. 나에게도 우울증이 오는 것일까? 우중충한 하늘을 보고 있자니 피로가 몰려왔다. 태풍이 더 가까워 왔는지 바람이 더욱 세차게 몰려왔다. 피비린내는 생각보다 역하다. 그래서 그런지 세찬 바람이, 그리고 그 냄새가 참 좋았다.

교화도(鮫花島) 이야기

나에게도 번아웃 증후군(Burnout Syndrome)이 온 것일까? 무기력했다. 휴식이 필요했다. 그래서 오늘은 쉬기로 했다. 카페에 들렀다. 태풍 때문에 대부분의 가게가 영업을 중단하였지만, 다행히 대지면에 있는 조그만 커피숍 한 곳이 영업 중이었다. 아내에게서 몇 번인가 전화가 왔지만 받지 않았다. 어디냐고? 왜 안 오냐고? 아무것도 모르면서 또 잔소리를 쏟아놓을 셈이겠지? 아내와 딸을 이 카페로 오라고 할까도 생각했지만, 어차피 그들의 죽음을 막을 수 없다는 자괴감만이 나를 감쌌다. 전화기를 꺼버렸다.

카페는 텅 비어 있었다. 대지면은 평소 현중이가 배송하던 구역이라 이 카페는 처음 들르는 곳이었다. 사장인지 아르바이트생인지 처음 보는 중년의 여성이 나를 보자마자 인사를 건넸다. 아무리 손님이 없다고 해도 과장될 정도로 친절하게 내게 인사를 하는 것을 보니, 이 사람이 사장일 것이라는 생각이 들었다. 끝없는 시간의 굴레를 달리면서 그래도 섬사람들의 대부분은 안면이라도 익혔다고 생각했는데, 그 와중에 처음 보는 사람이 있다는 것이 반가웠다. '이 년이 범인인가?'라는 생각을 했지만, 오늘은 쉬기로 한 터라 그 생각을 오래 잡아두지는 않았다. 나중에 죽이면 그만이었다.

내가 좋아하는 아이스 카페라테를 한 잔 주문하고 창가 쪽의 테이블로 향했다. 얼마 지나지 않아 사장이 내 테이블로 커피를 가져다주었다. 그리고 커피와 함께 작은 메모지 한 장을 내 테이블에 내려놓고 자기 자리로 돌아갔다. 그 메모지에는 "예수님을 믿으세요. 예수님은 당신을 향한 놀라운 계획을 가지고 있습니다."라고 쓰여 있었다. 평소라면 그냥 버렸을 평범한 전도지였겠지만, 이상하게 내 시선이 그 위에 머물렀고, 이 행위는 곧 나를 깊은 생각의 늪으로 인도했다. '신은 질문을 던지는 자'라던 드라마 〈도깨비〉의 대사*는 틀렸다. 적어도 나에게 '신은 인간이 던지는 모든 질문에 침묵으로 일관하는 자'일 뿐이다.

타임머신이 있다면, 혹은 드라마나 영화처럼 내게 타임슬립과 같은 능력이 있다면, 2천 년 전 언젠가, 신이 인간의 육신을 입고, 인류에게 들어왔다던 그때로 돌아가 보고 싶다. 갈릴리 해변가에서 그를 만나서 묻고 싶다. 왜 이렇게까지 내 인생을 비참하게 만들었느냐고, 골고다 언덕 십자가에 달려 죽어가는 그에게 다가가 따지고 싶다. 왜 당신은 늘 그렇게 침묵만 하느냐고, 차라리 존재하지 않는 것이 존재하는 것보다 행복할 나 같은 인간을 도대체 왜 창조의 세계에 끌어들였느냐고, 그래 놓고 당신은 왜 이렇게 무책임하냐고, 왜 고아와 같이 나를 내버려 두느냐고……. 그때도 과연 그는 지금처럼 침묵으로 일관할 것인가?

생각의 굴레는 고뇌를 불러오고, 고뇌를 되뇌다 보면, 그 생각의 끝은 늘 불안과 짜증으로 끝나기 마련이다. 짜증이 몰려왔다. 카페를 나오는 길에 그 사장을 죽여버렸다. 그녀에게 억하심정이 있던 것은 아니었다. 어차피 그녀도 내 심판의 대상이었다.

'그런 눈으로 억울해하지 마! 어차피 다들 가는 길을 조금 더 빨리 갈 뿐이야. 그런데 말이야……. 이마저도 너를 향한 그분의 계획이었을까?'

오늘도 아내와 딸은 여전히 죽어 있었다.

---

* 드라마 〈도깨비〉(tvN, 2016), 제12화, 유덕화(육성재 분) 대사 中

교화도(鮫花島) 이야기

AGAIN 90th

금요일이었다. 맞다! 금요일이었다! 오늘이 금요일이었다. 까맣게 잊고 있었지만, 오늘은 분명 한 달 중에 13번째 되는 날이자 금요일 이었다. 오늘도 낮에 열심을 내어 심판하다가 지쳐서 차에 올랐는데, 핸드폰 시계가 잊고 있던 이 사실을 내게 각인시켜 주었다.

"서양인들이 왜 13일의 금요일을 저주받은 날이라고 생각하는지 알아?"
"몰라? 왜?"
"예수님이 돌아가신 날이 13일의 금요일이었대. 그래서 그렇대!"
"그거 근거 있는 이야기야?"

연애 시절 아내와 나눴던 이야기가 문득 생각났다. 나의 말에 아내는 그냥 웃었던 것 같다.

'그래! 오늘 교회를 가자!'

나는 이 사건을 경험하기 전까지 신의 존재를 믿지 않고 살아왔다. 아니, 정확히 말하자면, 믿지 않고 살았다기보다는 그의 존재 자체에 관심이 없었다. 더 정확히는 신이 존재하더라도 나와는 관계가 없는 존재라고 생각하며 살아왔다. 그러나 신의 심판관이 되어버린 지금은 그의 존재를 인정을 해야 했다.

자연은 어떤 법칙에 따라서 유지된다. 예를 들어, 인간은 환경을 파괴하고 그 파괴된 자연은 인간에게 복수를 한다. 자연은 스스로를 지키고 싶어 하기 때문이다. 이것이 자연의 법칙이다. 그 자연법칙을 역행하기 위해서는 외부에서 거대한 에너지가 자연에 가해져야 할 것이다. 그 정도의 에너지는 인류가 결코 만들어 낼 수가 없다. 그러므로 인류는 종말을 향해 다가가기만 할 뿐, 절대 되돌릴 수는 없다. 그런데 나는 그 자연법칙의 가장 기본적인 단위인 시간을 무시하며 살아가고 있다. 당연한 질문이겠지만, 시간을 되돌리기 위해서 신은 얼마나 많은 에너지를 낭비해야만 했겠는가? 신은 내게 고약한 질문을 던졌고, 나는 그의 질문에 나의 질문을 더함으로 대답을 대신했다. 과연 그가 원하는 것은 무엇일까? 나의 고통? 아니면 가족을 살리기 위한 기회? 나는 알지 못했다. 그러므로 무엇보다 나는 정답이 필요했다. 그러나 그는 언제나 나의 질문에 침묵했다. 그 질문에 이

교화도(咬花島) 이야기

제는 신이 대답할 차례였다. 이 섬에서 더 이상 사람이 죽어나가는 꼴을 보고 싶지 않다면 말이다.

옷을 갈아입으러 집에 돌아왔더니 아내와 딸은 이미 죽어 있었다. 아직 살아 있을 줄 알았는데, 시간이 너무 늦었던 것일까? 하기야 살아 있다면 아내가 이것저것 내게 캐물었을 테니 차라리 이대로가 더 낫다는 생각이 뇌리를 잠시 스쳤다. 욕실로 가서 몸을 깨끗이 씻었다. 내 몸을 씻겨간 물이 금방 붉게 변했다. 그 붉어진 물을 잠시 바라보았지만, 거기에 시간을 많이 빼앗기지는 않았다. 서둘러 샤워를 마치고, 향수도 잔뜩 뿌렸다. 그리고 옷장에서 내가 가장 아끼는 정장을 꺼내서 입었다. 집을 나서기 위해 안방과 거실을 지나가는 동안, 내 옷에 아내의 피가 묻지 않도록 각별히 조심했다.

우리 섬에 단 하나뿐인 교회. 예배당에 들어서니 이미 예배가 시작되고 있었다. 반주에 맞춰 신나게 찬송가를 부르던 현중이가 나를 보고 많이 놀란 표정이었다. 현중이는 일전에도 나를 전도하려고 했었지만, 나는 그의 말을 듣지 않았었다. 현중이는 아마 지금 자신의 기도가 응답받았다고 생각하겠지? 그 사실이 웃겼다. 현중이 앞자리에는 내가 이미 죽였던 카페 사장도 앉아 있었다. 께름칙했다. 자주 겪는 일이었지만, 내가 죽였던 누군가가 다시 살아서 움직이는 것을 보는 일은 좀처럼 적응이 되지 않았다.

나는 그들과 멀리 떨어져 한적한 자리에 앉았다. 금요일이라 그런 것일까? 아니면 섬이라 원래 성도 수가 적어서 그런 것일까? 아니면 태풍 때문에? 어쨌든 사람이 많지 않았다. 목사가 들으면 속 터질 이야기일지도 모르지만, 난 오히려 그 점이 좋았다. 찬송가는 어차피 내가 대부분 모르는 것이었지만, 기도 시간에 눈을 감는 정도는 알고 있어서 눈치껏 눈을 감았다. 기도했다.

'신이시여! 살아 있다면 오늘 그 정답을 알려주세요.'

내가 처음에 교회 예배를 참석했던 것이 언제였던가? 아마 논산훈련소가 처음이었던 것 같다. 불교는 초코파이를 줬고, 교회는 보름달 모양의 빵을 주었다. 거기다 운이 좋은 날, 군 선교사들이 올 때면, 콜라도 마실 수 있었다. 그래서 교회를 갔던 것 같다. 아! 그리고 내가 나온 대학이 기독교 계열이라 채플 수업을 필수적으로 들어야 했다. 그래서 나는 졸업을 위해 어쩔 수 없이 예배에 참석했었다. 그리고 당시에 만났던 여자친구가 광신도라 그녀에게 잘 보이기 위해서 그녀가 다니는 교회 모임에도 가끔 참석했었다. 그리고 새 가족 교육도 받았었다. 덕분에 예배의 형식은 대충 알고 있어서 다행이라는 생각이 들었다. 물론, 그녀와 헤어지고 나서는 교회에 간 적은 없었다. 목사가 신도를 성폭행했다는 둥, 장로가 교회 돈을 횡령했다는 둥, 그런 이야기는 뉴스에서 많이 들었던 것 같다. 뉴스에는 온통 교회에 정나미가 떨어지는 이야기만 가득했다. 역겨웠다. 그래도 오늘의 나는 간절한 마음을 가지고 예배에 참석했다.

기도 시간이 끝나자 목사가 강단 위에 올랐다. 그가 성경을 읽으라고 지시하는데, 나는 성경책을 가지고 있지 않았다. 손이 허전했다. 그런데 어차피 누군가 내게 성경책을 빌려줬다고 하더라도 난 그 성경 본문을 찾지 못했을 것이었다. 그래서 괜찮았다. 곧 설교가 시작

교화도(咬花島) 이야기

되었다.

"여러분, 교회 다니면 복을 받죠? 그리고 예수님 믿으면 천국 가죠?"

목사의 한마디에 곳곳에서 '아멘' 소리가 터져 나왔다.

"그런데 왜 교회를 안 나와요?"

목사의 안색이 갑자기 변했다.

"왜 예배를 그렇게 무시하고 지내세요? 우리가 몹쓸 병에 걸리고, 사업에 실패하고, 우리 아이들이 아프고, 성적이 잘 안 나오는 게 무엇 때문인지 아세요? 내가 건강관리를 잘 안 해서요? 일을 열심히 안 해서요? 우리 아이들이 공부를 잘 안 해서요? 아니에요! 아니에요! 정신 차리세요! 도저히 뭐가 문제인지 모르시겠어요? 백날 여기 나와서 예배드리면 뭐해요? 이렇게 기본적인 진리도 모르면서!"

목사는 설교의 시작부터 성도들을 향해 극한의 짜증을 내고 있었다. 얼마 되지도 않는 성도들이 마른 침을 삼키는 소리가 나에게까지 들려왔다.

"왜냐면요? 예배를 잘 안 드려서 그래요! 오늘 이게 뭐예요? 태풍이 무서워요? 하나님이 무서워요? 하나님보다 태풍을 더 경외하니까 여러분 삶이 매일 엉망이 되는 것 아니에요?"

예배에 출석한 성도들이 출석하지 않는 성도들 때문에 목사에게 저주에 가까운 혼이 나는 이 상황이 나에게는 조금 우습게 느껴졌다. 그리고 다른 한편으로는 슬슬 짜증이 나기 시작했다.

"제가요! 부목사 시절에! 서울의 대형 교회에서 목회할 때요! 그때 제가 참 존경하는 장로님이 계셨습니다. 그 장로님이 얼마나 헌신적인 줄 아세요? 그 바쁜 와중에도 늘 교회 일이라면 항상 최우선 순위에 두고 헌신하셨어요. 나중에 알고 보니까 그 집안이 4대째 장로 집안이에요. 하나님이 이 장로님한테 얼마나 큰 축복을 내려줬는지 아세요? 사업 잘되죠? 사업이 잘되니까 또 헌금 많이 내죠? 헌금 많이 내니까 또 하나님이 축복하셔서 사업체가 더 커지죠? 또 더 많이 헌금 내시죠! 이게 축복의 선순환이에요! 선순환! 그분의 자녀들은 어떤지 아세요? 첫째는 우리나라에서 제일 좋은 대학 나와서 판사 해요! 둘째는 미국의 존스 홉인가? 암튼 그 대학에 유학 가서 이제 곧 졸업해서 의사 돼요! 막내딸은 명문대 나와서 결혼했는데, 사위가 재벌가 사람이에요! 사랑하는 여러분! 이거 부럽지 않으세요? 부럽지 않으시냐고요? 여러분이 받고 싶은 축복! 여러분에게는 그걸 누릴 만큼 믿음이 있으세요? 왜 우리 주님이 여러분에게 선물하고 싶어 하시는 그 축복을 향해 여러분은 손을 벌리지 않으시냐고요? 손 벌리는 게 그렇게 아까워요? 나중에 주님이 백배 천배로 갚아주실 건데, 그게 그렇게 아까워요? 돈이 아까워요? 시간이 아까워요? 뭐가 그렇게 아까워요?"

목사의 말을 듣고자 하니, 점점 더 짜증이 몰려왔다. 그리고 그딴 것도 설교라고 '아멘!'으로 화답하는 성도들의 지적 수준이 궁금했다. 머저리들인가? 도대체 난 무엇을 기대하고 아내의 고결한 피를 넘어 이곳까지 온 것일까?

'난 그딴 무당 굿하는 소리가 아니라, 정답이 필요해서 이곳에 온 거라고!'

교화도(咬花島) 이야기

예배가 채 끝나기도 전에 교회를 나왔다. 그리고 집을 향해 돌아오다가 이내 차를 돌려 다시 교회로 향했다. 짜증을 참을 수 없었기 때문이었다. 때마침 예배를 마친 목사가 교회 앞 주차장에서 차에 오르는 모습이 보였다. 늦으면 어쩌나 걱정했는데 다행이었다. 차에서 내려 트렁크에서 도끼를 꺼냈다.

'내가 먼저 천국에 보내줄게. 그곳에서 천사들이랑 실컷 선순환이나 해라!'

목사에게 그렇게 축복받는 법을 잘 알면서 당신은 왜 대형 교회에서 이 보잘것없는 섬으로 쫓겨났느냐고 물어봤어야 했는데 그걸 깜박했다.

'신이시여! 이 갇힌 시간의 의미를 내게 알려주세요! 제발! 당신은 놀라운 계획을 가지고 있다면서요?'

AGAIN 123th

우체국 서랍장에 책이 한 권 놓여 있었다. 누가 언제 가져다 놨는지 아는 사람이 없었다. 또 얼마나 이곳에 오래 있었는지 책의 겉표지와 저자의 이름이 모두 노랗게 바래서 알아볼 수조차 없는 책이었다. 갑자기 누구도 찾아주지 않는 그 책이 지금의 내 처지와 비슷하게 느껴졌다. 불쌍했다. 그래서 그 책을 읽어주었다.

"이런 친구 사귀지 마세요. 왜 그런 친구 있잖아요. 뭐든 본인의 성질대로만 해야만 직성이 풀리는 성격의 사람들이요. 이런 사람들의 특징은 그래요. 어떤 주제나 혹은

교화도(咬花島) 이야기

문제에 대해 나만 맞고 다른 사람은 다 틀렸다는 태도를 유지하죠. 이런 사람은 주변의 사람들을 불편하게 만들지요. 힘들게 하고요. 당연한 이야기겠지만, 누구도 그런 사람을 가까이하고 싶어 하지 않아요. 여기까지만 이야기하면 반론이 생길 것도 같네요. 왜냐하면 우리는 누구나 이기심과 자기중심성을 가지고 살아가거든요. 그리고 우리 대부분은 그런 자신의 모난 점에 대해 조금은 인지하고 있거든요. 물론 그렇지요. 인간은 누구나 자기주장이 있고, 어떤 일에서든 자신의 생각을 점철하고 싶어 하기는 해요. 그런데 정상적인 사람들은 자신의 주장이 틀린 것으로 드러날 때 자신의 생각을 접기도 하고, 간혹 어떤 상황에서는 상대방이나 혹은 공동체를 위해 스스로의 주장을 희생하기도 하죠. 그럴 때는 자신이 틀렸음을 인정하는 용기와 모두를 위해 자존심을 내려놓을 수 있는 결단이 필요해요. 그것이 곧 양보입니다. 그리고 양보를 통해 인간관계는 자연스러움을 유지할 수가 있습니다. 정상적인 사람들은 그렇게 살아가요. 약간의 정도의 차이는 있지만요.

그런데, 제가 이야기하고 싶어 하는 부류의 사람은, 그런 것이 전혀 없어요. 죽어도 자신의 주장을 꺾지 않죠. 그리고 어떤 상황에서든 자신의 생각만이 옳다고 주장하죠. 그 정도가 지나치면, 스스로의 신념이나 가치관을 상대에게 강제로 주입시키려고 해요. 상대의 의식뿐만 아니라, 무의식의 세계조차 지배하려고 하는 것이죠. 그것이 바로 가스라이팅이에요. 대표적인 예가 바로 의처증이 아닐까 싶어요. 간혹 저는 의처증 환자들을 만나서 상담을 하곤 해요. 심할 경우, 그들은 자신의 배우자를 독립된 인격체로 인정하지 않아요. 상대를 자신의 소유로 두려고 하죠. 그것은 배우자를 사랑하는 것이 아니라 소유하려는 더러운 욕망임에도 불구하고 그들 스스로는 그걸 인정하지 않죠. 전술하였듯이 양보에는 용기가 필요해요. 그러니까 이들은 스스로가 대단한 척 굴지만, 사실은 비겁함 속에서 삶을 살아간다고 볼 수 있지요."

(중략)

"그런데 그런 특성을 가진 사람들이 왜 존재하게 되는 것일까요? 해당 사안에 대한 여러 연구 논문이 있지만, 명확히 원인을 밝혀낸 사람은 아직까지 없다고 봐야 할 것 같아요. 논문에 따라 사례가 다양하지만, 전문가들의 공통적인 주장을 요약하자면 대충은 이래요. 그들은 타고난 성향상 그런 성격을 가지고 태어날 수도 있어요. 아니면 어렸을 때 부모로부터 심한 학대를 당했다던가, 아니면 부모의 가정교육 자체가 잘못되었을 수도 있어요. 물론 그런 성향을 가지고 태어났고, 부모로부터 심한 학대를 당해서 그 성향이 고착화된 경우가 있을 수도 있어요.

그런 경우는 사실 치료의 희망이 없어 보이는 것도 사실
이지요."

(중략)

정신의학과 의사가 쓴 책인가? 아니면 전문 심리상담사? 어쨌든
그의 글이 옳다는 생각이 들었다. 좋은 글이다. 그나저나 빨리 내 아
내를 죽일, 그리고 죽인 놈을 찾아야겠다.

AGAIN 138th

"마음에 오감 따위는 존재하지 않아. 오롯이 통각만이 존재할 뿐이지. 마음은 신체와는 완전히 달라. 신체는 반복적으로 자극에 노출되면 굳은살이 박히지만, 마음에는 굳은살 따위가 박히지 않아. 그래서 마음이 어려운 거야."

교화도(咬花島) 이야기

AGAIN 147th

   돌이켜 보년 시간의 트랩에 간힌 것은 나뿐이다. 혹시 나에게만 시간의 흐름에 따른 노화가 진행되고 있는 것은 아닐까? 그렇다면 혹시 아내와 딸을 구하기도 전에 내가 먼저 늙어 죽는 일이 생기는 것은 아닐까? 문득 그런 생각이 나를 덮쳐온다. 괜히 마음이 급해진다. 시간의 틈에 끼어버린 나!

AGAIN 163th

태풍은 섬을 거대한 밀실로 만들어 주었다. 그리고 섬 주민들을 대부분 자신의 집에 머물게 만들었다. 우리 섬 주민의 대부분은 어업에 종사했다. 이들은 태풍을 대비해 새벽에 부둣가로 나가서 배를 단단히 고정한 후, 자신의 집으로 돌아갔다. 오늘 같은 날은 마실을 가는 경우도 드물었다. 수산 가공식품 공장이 있었으나 안전상의 이유로 운영을 하지 않았다. 나에게는 사람이 모이지 않는 편이 유리했다. 완벽한 심판의 장이 마련된 셈이었다.

그러나 예상치 못했던 시련이 곧 나의 심판을 막아섰다. 날씨가 이렇더라도 사람이 모일 수밖에 없는 관공서가 문제였다. 경찰서, 소방서, 군청, 면사무소, 여객선터미널에는 일하는 사람들이 제법 많았

교화도(鮫花島) 이야기

다. 특히 군청이나 여객선터미널은 20명이 넘는 인간들이 모여 있었고, 더군다나 터미널에는 보안 요원들도 있었다. 각기 떨어져 있을 심판이 어렵지 않았으나, 아무래도 사람이 모이는 것은 역시 부담스러웠다. 일전에는 별생각 없이 무턱대고 건물에 들어갔다가 건장한 청년들에게 제압당한 적도 있었다. 어차피 내게는 반복될 하루라 제압당하는 것 자체는 문제가 아니었으나, 그 과정에서 사람들에게 맞는 건 아프고 자존심 상해서 싫었다. 물론, 나를 때린 놈들은 그다음 반복 때 배로 갚아주기는 했다.

그런데 진짜 문제는 사람들과의 실랑이를 벌이는 중에 진범이 군중 사이를 몰래 빠져나갈 수도 있다는 사실이었다. 나에게는 무언가 대책이 필요했다. 이 인간들을 완전히 제압할 완벽한 방법 말이다. 신은 나에게 시련을 주었으나, 그것은 내가 성장하기 위한 연단이라는 것을 알고 있었다. 은은 망치로 두드릴수록 더 단단해지는 법이다. 예전에 교회를 다닐 때 이런 이야기를 주워들었던 것 같다. 그래서 이 상황에 대해 약간은 답답한 면이 있기는 했지만 크게 개의치는 않았다. 방법을 찾으면 그만이었다.

교화항 기암절벽 꼭대기에 서서 여객 터미널을 내려다보았다. 어떻게 저곳을 단번에 제압할 수 있을까를 한참이나 고민을 거듭했으나, 별다른 수를 찾지는 못하고 있었다. 기암절벽 아래로 이미 다 타버린 담배꽁초를 던져버리고 차에 오르려는 찰나 경찰차 한 대가 나를 막아섰다. 어디서 본 듯한 익숙한 이 장면. 차에서 손도끼를 꺼내 나를 향해 걸어오던 지구대장의 허벅지를 찍어버렸다. 우리 가족에게 그렇게 콧대 높게 굴던 지구대장이 살려달라고 애원하면서 경찰차 쪽으로 기어가는 모습이 우스웠다. 인간 만사 새옹지마였다. 가능하다면 이 모습을 아내에게 보여주고 싶을 정도였다.

지금 이 순간 그를 만난 것이 또한 어떤 행운이었을까? 아니면 신의 길잡이였을까? 난리 통에 그는 허리춤에 차고 있던 테이저건을 떨어뜨렸고, 이는 내게 새로운 길을 제시해 주었다.

'그래! 총! 아! 왜 몰랐지? 이 섬에도 총이 있잖아?'

나는 그대로 그의 목을 밟고 올라서서 파출소에 총이 있는지 물었다. 그는 대답하지 않았다. 나는 도끼로 그의 오른손 엄지손가락을 잘라버렸다. 다시 물었다. 그가 나에게 욕을 해댔다. 듣기 거북했다. 그래서 이번엔 도끼로 손목을 찍어버렸다. 한 번에 잘리지 않아 두 번이나 내리쳐야 했다. 잘린 그의 손가락이 제멋대로 움직였다. 징그러웠다. 그리고 다시 물었다. 그제야 그는 사실을 말하기 시작했다. 왜 인간은 이렇게 미련할까? 그에게 모든 정보를 얻은 나는 좋은 소식을 알려주고 자리를 떠났다.

"아프지? 손목이 잘렸으니까 아프기는 할 건데, 그래도 괜찮아. 어차피 넌 아무것도 기억하지 못할 거야. 좋지?"

교화도(咬花島) 이야기

AGAIN 164th

아침 일찍부터 서둘렀다. 아내와 하나를 학교 앞에 내려주고, 교화읍 주동리 이장 집으로 향했다. 그 집은 파출소에서 가장 먼 집들 중 하나였다. 주동리 이장은 우리가 처음 이 섬에 정착했을 때, 텃밭 구획을 놓고 우리 가족과 여러 차례 대립했었고, 그 후에 대놓고 우리를 따돌림 시켰던 인간말종이었다.

이야기의 발단은 이랬다. 이 섬에 이주하는 혜택으로 군청에서 우리 가족에게 약 30여 평 정도 되는 텃밭을 제공했었다. 말이 좋아서 텃밭이지 사실 누가 봐도 그저 버려진 땅이었다. 우리 가족은 시간이

날 때마다 텃밭을 조금씩 개간하기 시작했다. 그곳에 대파와 양파 등의 채소를 심을 생각이었다. 생활비를 아끼려는 측면도 있었지만, 하나에게 자연이 주는 기쁨을 교육하고 싶은 마음이 가장 컸다. 그런데 개간을 마치고 파종을 앞둔 어느 날, 우리 텃밭의 바로 건너편에서 배추 농사를 짓던 김 씨가 구획을 놓고 우리에게 시비를 걸기 시작했다. 우리가 자신의 밭을 침범했다는 헛소리였다. 우리 가족이 일군 땅을 공짜로 차지하고 싶은 김 씨의 더러운 속셈을 우리가 알아차리지 못할 리가 없었다. 우리는 군청에 도움을 요청했지만, 군청은 마을의 분쟁은 자기들의 소관이 아니라며, 이장에게 말을 해보라고 책임을 떠넘겼다. 그때 심판을 봤던 인간이 바로 주동리 이장이었다. 그는 김 씨네가 대대로 그 땅에서 농사를 지었기 때문에 우리가 개간한 텃밭의 절반을 김 씨에게 돌려주라고 우리에게 명령했다. 우리 섬에서는 동네 이장의 말이 곧 법이었다. 어차피 군청에서도 제도가 그러니까 할 수 없이 우리에게 텃밭을 제공한 것일 뿐, 우리 가족이 너무 고맙고 예뻐서 땅을 준 것이 아니었다. 로마에 왔으니 로마의 법을 따르는 것 외에 다른 방법은 없었다. 그렇게 우리 가족은 텃밭을 포기해야만 했다. 법적인 절차에 호소한들, 우리 가족에 대한 텃세만 더 강해질 뿐이라는 것을 너무나 잘 알고 있었고, 더욱이 골이 비어 있는 인간들과 더 이상 싸우는 것도 귀찮았다.

오전 10시 31분

심판이 시작된 이후, 김 씨를 찾아가서 그가 보는 앞에서 그 가족을 심판했다. 그리고 이제는 주동리 이장을 심판할 차례였다. 그의 집 앞에서 벨을 눌렀다. 그리고 그가 현관문을 열자마자 그의 어깨를 도끼로 찍어버렸다. 그리고 겁을 먹고 도망가는 그의 아내를 쫓아가 도끼로 뒤통수를 내리쳤다. 아무런 저항도 없는 시시한 심판이었다. 생각해 보면 별것도 아닌 인간들이었다. 그렇게 콧대 높게 행동할 때는 하늘이 무서운 줄 모르더니……. 나는 내리는 빗물에 몸에 묻은 피를 씻어내고 차를 끌고 파출소로 향했다.

오전 11시 08분

파출소에 도착하자 경찰관들과 소방관들이 파출소 건물 지하에서 물을 퍼내고 있는 모습이 처음으로 눈에 들어왔다. 파출소뿐만 아니라 저지대의 대다수 건물들이 침수 피해를 입어 이 일대는 난리 통이었다. 수십 명의 주민들, 경찰관들, 소방관들이 좁은 도로를 가득 메우고 있었다. 이들과 조금 멀리 떨어진 곳에 차를 세우고 잠시 이들의 행동을 지켜봤다. 다들 침수 사태에서 살아남은 가재도구를 옮기느라 요란을 떨고 있었다. 그리고 이 모든 것이 나에게는 큰 이점으로 작용했다. 지구대장이 파출소 건물 지하에서 올라와 소리를 고래고래 지르고 뛰어다니는 것이 보였다. 이전 반복 때 내가 잘랐던 그의 손목이 그의 팔에 다시 붙어 있는 것이 신기했다. 그의 당당한 모습에 괜스레 미소가 지어졌다. 다시 한번 그의 어깨를 도끼로 내려찍고 싶은 충동이 일어났으나 참기로 했다.

핸드폰을 꺼내 112에 신고를 했다. 내용은 간단했다. 교화읍 주동리 이장이 살해를 당했다는 것이었다. 그리고 한 5분쯤 흘렀을까? 지구대장이 핸드폰으로 누군가와 통화를 하더니 분주하게 움직이기 시작했다. 아마 본청에서 걸려온 전화인 것 같았다. 그는 곧 그의 졸개 3명과 경찰차를 타고 파출소를 떠나버렸다. 소방관들도 일부 그와 동행했다. 모든 것은 나의 계획대로였다. 나는 파출소 건물 가까이로 차를 옮겼다. 그리고 차에서 도끼를 꺼내 허리춤에 꽂고 우비를 입었다. 워낙 난리 통이라 가까이에 있는 주민들조차 그런 나의 행동을 크게 신경 쓰지 않는 것 같았다.

오전 11시 15분

파출소 건물은 지하 1개 층과 지상 2개 층으로 이루어져 있었다. 파출소 1층 사무실에 들어서자 역시나 상황근무자 한 명만이 남아 근무하고 있었다. 어떻게 오셨냐는 그의 질문에 나는 도끼를 꺼내 그의 머리를 내리치는 것으로 대답을 대신했다. 그래도 경찰이니 약간의 저항은 있을 줄 알았는데 너무 쉬워서 오히려 아쉬웠다. 그간 수많은 반복 속에서 내가 강해진 것인지, 그들이 원래 약했던 것인지 구분이 잘 되지 않았다. 우선 쓰러진 그의 옷 주머니를 뒤져서 ID카드와 총

교화도(皎花島) 이야기

기함 열쇠를 확보했다. 2층에 올라가자 지구대장실이 보였다. 지구대장의 말이 맞는다면 지구대장실에서 연결되는 안쪽 방이 바로 총기함이 있는 방이었다. ID카드 덕분에 지구대장실의 잠금을 해제하는 것이 어렵지 않았다. 그리고 곧 안쪽 방 자물쇠에 열쇠를 꽂아 넣고 지구대장이 나에게 친절하게 알려주었던 비밀번호를 누르자 방문이 열렸다.

모든 것은 지구대장이 이야기했던 것과 완전히 일치했다. 그러나 총기함 자체는 내가 예상했던 것과는 완전히 달랐다. 애초에 나는 경찰들이 주로 사용하는 리볼버 권총을 기대했지만, 감사하게도 그곳에는 반자동 소총이 진열되어 있었다. 모형이 아닌 진품이었다. 파출소에서 왜 소총을 보관하고 있는지 알 길은 없었지만, 어쨌든 나는 쾌재를 불렀다. 리볼버 권총보다 소총이 다루기도 쉽고 타깃을 조준하기도 쉬웠으며, 재장전도 용이했다. 무엇보다 군 복무 시절 나의 주특기가 소총수였다. 권총에 비해 소총을 다루는 것은 나에게 식은 죽을 먹는 것보다 더 쉬웠다. 총기함에는 실탄과 여분 탄창도 넉넉히 있었다. 노리쇠 후퇴 고정! 조정간 안전! 탄창 결합! 노리쇠 전진! 옛날 생각도 나고 재미있었다.

오전 11시 49분

그러나 실제 격발할 때는 몸이 기억하는 것보다 반동이 심했다. 내가 파출소 현관을 나와 주민들에게 소총을 난사하자, 사람들이 우왕

171

좌왕 흩어졌다. 생각보다 총의 반동이 심해서 움직이는 물체를 맞추는 것은 쉽지 않았다. 탄창을 교체하는 것도 충분히 훈련되지 않아 자꾸 버벅거렸다. 손이 맘처럼 빨리 움직여 주지 않아 조금 답답했다. 내가 엉뚱한 일에 시간을 허비하는 사이 저지대에 모였던 인원들은 대충 다 흩어져 버렸고, 결국 총으로 심판에 성공한 사람은 채 10명도 되지 않았다. 흩어진 사람 중에 범인이 있을지도 모를 일이었다. 이대로는 이 장소에 누가 있었는지 누가 어디로 도망갔는지 알아낼 길이 없었다. 낭패였다. 연습이 필요하다는 생각이 들었다. 하기야 내가 마지막으로 사격을 해본 것은 예비군 훈련 때였고, 그건 이미 십수 년 전의 일이었다. 더군다나 내가 훈련 때 쏘던 과녁은 움직임이 전혀 없었다. 지금은 달랐다. 내가 살아 움직이는 인간을 대상으로 사격을 한 것은 이번이 처음이었다. 우리가 군대에서 쓰던 기관총이라도 있었으면 좋았겠지만, 그 이상은 욕심일 것 같았다. 일단 섬 곳곳을 누비고 다니며 남은 실탄을 모두 실전 겸 연습에 사용하였다.

그다음 반복 때도, 또한 그다음 반복 때도, 수없이 계속된 반복 속에 나는 발전하였다.

AGAIN 191th

파출소를 중심으로 한 해안 저지대에 대한 나의 심판은 계속되었다. 열 번도 더 넘는 심판을 행했으니 내 총을 피해 이곳을 빠져나간 사람은 없었을 것이라는 확신이 들었다. 그 사이에도 아내와 하나는 매일 죽었다. 내가 내린 결론은 해안 저지대에 몰린 사람들 중에 범인은 없다는 것이었다. 감사하게도 다양한 상황에서 심판을 수행하는 동안 나는 총이라는 심판 도구에 충분히 익숙해질 수 있었다. 이제 심판에 속도를 높일 차례였다. 나는 내가 마치 영화 주인공이 된 것 같은 느낌을 받았다.

총은 여러모로 나를 편리하게 만들었다. 일단 애초의 목적대로 사람들이 많이 모여 접근조차 생각하지 못했던 곳들을 손쉽게 정리할 수 있었다. 도끼를 들고 있을 때는 나에게 덤벼드는 용자들이 간혹 있었지만, 총은 거의 무적에 가까웠다. 다들 나를 보면 도망가기 바빴다. 다행히 섬에는 탈출구가 없었다. 아무리 도망가도 쫓아가면 그만이었다. 그렇게 하나씩 내 앞의 숙제들을 해결해 나갔다. 매번 반복 때마다 총을 확보해야 하는 번거로움은 있었으나, 그 수고마저 미룰 수는 없는 노릇이었다.

오후 1시 42분

내 기억이 맞는다면, 관공서에 대한 심판은 거의 마무리되었다. 이제 우리 섬에서 가장 사람이 많이 모이는 여객 터미널에 대한 심판이 나를 기다리고 있었다. 사전 조사에 따르면 여객 터미널에는 대략 28명 정도의 인원이 근무하는 것 같았다. 다행히 태풍 때문에 여객 터미널이 운영하지 않아, 근무하는 직원들 외에 일반인은 없었다. 나는 여객 터미널 주차장에 차를 세우고, 가능한 많은 탄창을 준비했다. 혹시 몰라 권총도 같이 준비했다.

여객 터미널은 지하 2개 층과 지상 3개 층으로 이루어져 있었다. 지하에는 식당가가 있었는데, 당연히 오늘 같은 날은 운영하지 않았다. 1층에는 매표소와 탑승구, 대기실 등이 있었는데 역시나 운영을 하지 않았고, 대부분의 직원은 2층과 3층 사무실에서 근무하고 있었

교화도(皎花島) 이야기

다. 1층으로 들어서자, 보안요원 2명이 대기실에 앉아 한가롭게 낮잠을 자고 있는 모습이 보였다. 그들을 향해 소총을 쏘려다가 이번엔 왠지 권총을 시험해 보고 싶었다. 그간 소총만 사용하다가 권총을 쓰려니 무언가 어색하기는 했다. 그런데 막상 권총을 쏘자 반동이 너무 심해서 외려 내 손목이 위로 꺾이고 말았다. 아무리 가까운 거리라도 이딴 사격에 표적이 맞을 리가 없었다. 영화는 다 거짓말이었다. 총소리에 놀라 잠에서 깬 보안요원 2명 중 한 명이 반대쪽 문으로 도망가기 시작했고, 다른 한 명은 의자 밑에 숨는 것이 보였다. 나는 문으로 향한 보안요원을 향해 권총을 난사하기 시작했다. 권총에 장전된 총알은 모두 6발! 그 중 겨우 1발이 그의 다리를 맞췄다. 재장전할 시간이 없어 이번엔 가방에서 소총을 꺼내 들었다. 나는 2명을 향해 소총으로 조준 사격을 가했다. 역시 소총이 편했다.

1층에서 권총은 버렸다. 꺾인 손목이 살짝 아려왔다. 2층에서 누군가 계단으로 내려오는 소리가 들렸다. 여객 터미널에서 근무하는 여직원이었다. 평소 이곳이 나의 배송 구역이라 나와도 안면이 있는 사이였다. 아마 무슨 큰 소리가 나니까 이게 무슨 소리인지 확인하러 내려온 것 같았다. 나는 그 여직원을 향해 총을 쐈다. 미안하긴 했지만, 나에겐 꼭 해야 할 일이었다. 2층 계단을 올랐다. 다행히 건물이 크지 않고 엘리베이터도 없어서 층간을 오갈 수 있는 통로는 중앙 계단밖에 없었다.

중앙 계단을 통해 위로 올라가자 몇 명의 직원이 밑으로 더 내려왔다. 일부러 내려와 준 그들이 고마웠다. 이들을 계단에서 정리하고 2층에 올라서자 누군가 사무실 문을 쾅 하고 닫는 소리가 들렸다. 사무실은 총 2곳이었는데, 1곳의 사무실은 회의실이라 아무도 없었고, 실제 사무 공간은 1곳이었다. 아마 안에서는 112에 신고를 하고 있는 듯했다. 잠겨 있는 사무실 문고리를 향해 총을 난사했다. 문은 손쉽게 부서졌다. 총을 재장전하고, 문을 발로 차버리고 안으로 들어가자 대부분의 직원들이 책상 밑에 숨어 있는 모습이 보였다. 나는 그들을 향해 말 그대로 총을 난사했다. 비명소리와 심판의 소리, 그리고 하늘의 천둥소리가 어울려져 좋은 화음을 만들어 냈다. 역시 머물러 있는 표적은 맞추기가 쉬웠다. 창문을 뛰어내려 도망가는 용자가 있었다. 그런데 바로 그 밑은 바다였다. 바보…….

심판을 대충 마무리하고 사무실에서 나오는데, 3층에서 누군가 내려와 도망치는 모습이 보였다. 여객 터미널 사장이었다. 그가 도망치면 여러모로 귀찮아질 것 같아서 바로 총을 난사했으나 움직이는 표적이라 맞추기가 쉽지 않았다. 바로 그를 뒤쫓았다. 다행히 그가 2층 계단에서 내가 쏜 총에 다리를 맞고 계단 밑으로 굴러떨어졌다. 여객 터미널에 누군가 더 남아 있는 사람이 있는지 물어볼 겸 그에게 다가갔다. 그런데 그는 의외의 대답을 내놓았다.

"살려줘! 살려만 줘! 돈 줄게! 돈! 돈이라면 얼마든지 벌게 해줄게!"

벌벌 떨면서 목숨을 구걸하는 인간의 모습이 사실 나에겐 조금 역겨웠다. 지금 내 손에 죽지 않는다고 해도-실제로 죽지 않겠지만-채 100년도 못 살고 죽는 게 인간이다. Memento Mori(메멘토 모리). 기억하라. 인간은 언젠가 반드시 죽는다.

사실 그간 돈을 준다고 살려달라는 인간은 많았다. 그리고 나도 빚을 해결하려면 돈이 궁한 것이 사실이었다. 그런데 어차피 반복이 일

교화도(皎花島) 이야기

어나면 내가 이전 반복 때 얻은 돈도 모두 리셋이 되기 때문에 그들의 말에 별달리 흥미를 느끼지는 못했었다. 하지만 이번엔 달랐다. 돈을 그냥 준다는 것이 아니라, 돈을 벌게 해준다는 말이 조금은 신선하게 내게 다가왔다. 만약 내가 이 섬에서 돈을 벌 수 있는 방법을 찾기만 한다면, 이 지긋지긋한 반복이 끝난 후에도 요긴하게 써먹을 수 있을 것 같았다. 구미가 당겼다.

"만약 개소리면 곱게는 안 죽는다!"

"아냐! 진짜야! 너도 끼워줄게! 안 그래도 내가 끼워주려고 그랬어! 너 성실하잖아! 우리도 성실한 사람이 필요해! 지금 네 월급의 10배는 더 벌게 해줄게!"

"한 번만 더 성실하다는 이야기 하면 네 주둥이에 바람구멍 생긴다?"

그의 볼에 총구를 겨누자, 그가 말없이 고개를 끄덕였다. 곧 나는 돈을 벌 수 있는 방법을 요구했고, 그는 앞뒤 맥락 없이 이야기를 쏟아냈다. 나는 잠자코 그의 설명을 들었다.

"교화로 그딴 짓을 한다고? 방금 한 말 증거 있어?"

"증거? 아! 그래! 그 총!"

"총?"

"그 총 경찰서에서 가져온 거 아니야? 코딱지만 한 파출소에 소총이 왜 있었을까? 이상하지 않아? 여기가 군대도 아니고? 우리 섬에는 주둔하는 군대도 없잖아?"

그의 말은 명백한 사실이었다.

"내려가서 보여줄게. 거기 들어가려면 ID가 있어야 돼!"

오후 2시 38분

그는 나를 건물 지하로 데리고 갔다. 만약을 위해 밧줄로 그의 팔을 묶고 입에는 재갈을 물렸다. 다리에 총을 맞기는 했으나, 총알이 비껴간 탓인지 그는 걸을 만은 한 것 같았다. 그가 앞장을 섰고, 나는 뒤에서 총을 겨누고 그를 따라 걸어갔다. 어차피 2층 사무실에 대한 심판이 끝나면 지하로 내려올 계획이었지만, 일이 지나치게 술술 풀려가는 것 같아 약간의 두려움이 생겼다.

"허튼짓하면 곱게는 안 죽는다! 너랑 네 가족들 전부 다!"

그가 연신 고개를 끄덕였다. 공조실로 향하는 동안 아무도 우리의 앞길을 막지 않았다. 이 점이 조금 의아했다.

"왜 아무도 없어? 아무리 일하는 사람이 적어도 여기 아무도 없는 게 말이 돼?"

그가 웅얼거렸다. 나는 그의 입에서 재갈을 풀어줬다. 그가 헉헉거렸다. 답답했던 모양이었다.

"원래 여기 지하에는 아무도 안 내려와. 그리고 여기서 근무하는 정비기사는 오늘 애가 아프다고 아침에 연차를 냈어! 교대 근무자는 아직 출근 안 했고! 그래서 아무도 없는 거야! 믿어줘! 제발!"

그의 말에는 일리가 있었으나, 나는 누군가 함정을 파고 우리를 기다리고 있다는 생각을 거두지 않았다.

교화도(皎花島) 이야기

공조실 앞에 다다르자 그가 먼저 안으로 들어갔다. 일단은 여느 공조실과 별반 다를 바 없는 모양새였다. 그는 공조실의 제일 안쪽으로 나를 데리고 들어갔다. 그곳에는 어울리지 않게 책장이 하나 있었는데, 그가 책장에 나열된 책 중 하나를 당기자 책장이 오른쪽으로 자연스럽게 움직였고, 바로 그 뒤로 숨겨진 문이 모습을 드러냈다. 그가 문 옆에 있는 스크린에 손과 얼굴을 가져다 댔다. 아마도 지문과 홍채를 동시에 인식하는 잠금장치인 것 같았다. 이윽고 문이 열렸다. 마치 영화를 보는 것 같았다. 안에서 무엇이 기다릴지 몰라 조금 더 긴장을 하게 되었다. 나는 조심스럽게 조종간을 안전에서 단발로 바꾸었다. 그새 손에 땀이 났는지 레버를 조정하는 손가락이 몇 번인가 미끄러졌다.

혹시 몰라 그를 먼저 안으로 들여보냈다. 이어진 낮은 계단을 내려가자 복도가 나왔다. 제법 긴 복도였다. 복도의 끝에서 기계를 돌리는 것 같은 둔탁한 소리가 들리기 시작했다.

"여기가 바로 기암절벽 아래 공간이야. 안에서 소리 들리지? 저게 아까 말했던 작업하는 소리고! 이제 우리 한편이니까 제발 이 총 좀 치우자! 새로운 삶을 이렇게 서로 얼굴 붉히⋯⋯."

그의 기세등등한 모습이 꼴 보기 싫었다. 나는 그가 총에 맞은 다리를 걷어찼다. 그가 비명을 지르며 바닥을 뒹굴었다. 그를 억지로 다시 일으켜 세웠다.

조금 더 걸어 복도 끝에 다다르자 다시 문이 나왔다. 이번엔 그가 도어락 화면에서 비밀번호를 눌렀다. '#0987261101#' 혹시 몰라 뒤에서 비밀번호를 보고 외워두었다. 문이 열리자 순간적으로 강렬한 빛이 우리를 덮쳐왔다. 나는 짧은 시간 시력을 잃었고, 앞에서는 총소리가 들려왔다. 나는 반사적으로 몸을 움직여 피했으나, 오른쪽 어깨에 따끔거리는 통증이 느껴졌다. 시력이 돌아오자 나는 내가 커다란 드럼통 뒤에 숨어 있음을 알아차렸다. 무의식중에 움직였으나, 행운의 신이 나를 보호하는 것 같았다. 나는 드럼통 뒤에 숨어서 총구만 앞을 향하게 하고 총알이 다 떨어질 때까지 마구 총을 난사했다. 반대편에서도 나를 향해 총을 쏘고 있었다. 상대의 총알이 드럼통에 맞으니 그 소리가 매우 컸다. 나는 탄창을 교체하면서 심호흡을 했다. 이 안에는 대충 10명이 넘는 사람이 있는 것 같았다. 그리고 모두가 총을 가지고 있는 것 같지는 않았고, 2명이 번갈아서 사격하는 것 같았다. 겉보기에는 내가 매우 불리한 상황인 것 같지만, 사실 그렇지 않았다. 왜냐하면 나는 수십 번의 반복 동안 이미 충분히 연습이 된 상황이었지만, 저들은 그렇지 않을 것이기 때문이었다. 추측건대 저들에게 이런 상황이 처음인 것이 분명했다. 그리고 더욱 중요한 것은 저들은 죽음을 두려워하지만, 나는 설령 내가 먼저 총에 맞는다고 해도 이 상황이 끝이 아니라는 사실을 알고 있다는 점이었다. 같은 상황에서 용기와 두려움은 종국에는 비교 불가능한 차이를 만드는 것이 세상의 이치이다. 서로 대치하는 소강상태가 잠시 이어졌다.

"내가 순순히 우리한테 끼워줄 줄 알았냐? 너 죽여서 바다에 매장시켜 줄게! 응? 아니지! 네 와이프랑 딸년도 같이 묻어줄게! 좋지?"

어느샌가 반대편에 숨어버린 여객 터미널 사장의 목소리였다.

교화도(咬花島) 이야기

"네가 다 계획한 거냐?"

"그래! 이 등신아! 처음에 네가 총 들고 왔을 때부터 비상벨을 울려서 준비시켜 놨지! 넌 이제 죽은 목숨이야!"

"조금만 기다려라! 다시 살려달라고 애원하게 만들어 줄게!"

저들이 웅얼거리는 소리가 들려왔으나, 명확하게 들리지는 않았다. 약간의 대치 상황이 더 이어졌다. 용기를 내야 했다. 더 이상 시간을 끌다가 혹시 저들의 편이 밖에서부터 진입해 들어온다면 모든 것이 수포로 돌아가기 때문이었다. 내게는 또 다른 반복이 기다리고 있겠지만, 다시 이 상황을 만드는 것이 다소 귀찮았고, 별다른 해결책도 보이지 않았다. 결국 반복은 최후의 보루로 남겨두고 이 순간에 나는 최선을 다하기로 마음먹었다. 마음을 가다듬고 저들을 향해 다시 총을 난사했다. 이번엔 조종간을 연발로 놓고 일부러 탄창에서 탄환이 빨리 소진되도록 했다. 내가 총을 쏘자 저들도 대응사격을 했다. 곧 총알이 떨어졌고, 곧바로 나는 탄창을 교체했다. 짧은 순간 소음이 멈추고 정적이 흘렀다. 저들의 탄창도 무한대는 아닐 것이다. 부산을 떠는 소리가 들리는 것을 봐서 저들도 탄창을 교체하는 것 같았다. 나는 바로 이 순간을 노리고 있었다. 이제 내게 주어진 시간을 대략 10여 초. 고민할 것이 없었다. 곧장 나를 보호해 주던 드럼통 위에 뛰어 올라가 나의 왼쪽 맞은편에서 철제 책상을 눕혀놓고 그 뒤에 숨어 내게 사격을 하던 놈을 먼저 조준 사격했다. 그가 내 총을 맞고 곧 쓰러졌다. 그리고 곧장 오른편을 보니, 나머지 한 놈이 나를 향해 총을 쏘려고 총구를 내 쪽으로 돌리고 있었다. '늦었다.' 싶은 순간이었지만, 그는 나에게 총을 쏘지 못했다. 아마도 그의 총에 무슨 이상이 생긴 모양이었다. 다행이었다. 나는 드럼통에서 내려가 그에게 다가가며 탄창에 남은 모든 총알을 그에게 쏟아부어 그를 사살했다. 상황이 불리해지자 총을 소지하지 않은 놈들이 도망가기 시작했다. 그들을 잡는 것은 식은 죽 먹기였다. 모든 일을 마무리하자 벅찬 감동이 차올랐다. 그간의 모든 노력이 헛되지 않았다는 느낌이었다.

오후 3시 21분

시신들을 먼저 둘러보았다. 모두가 이 섬에 사는 주민들이었다. 한숨이 나왔다. 이내 여객 터미널 사장을 찾아다녔으나 쉽게 눈에 띄지는 않았다. 일단 이곳에 도착하기 전에 그가 나에게 했던 말의 진실 여부를 먼저 확인해야 했다. 총격전이 벌어진 이곳은 현관 겸 사무실인 것 같았다. 그리고 안으로 이어진 통로가 2곳 있었는데 유리문이라 총격전 때문에 모두 부서져 있었다. 일단 오른쪽 통로를 먼저 살폈다. 안에 누군가가 매복하고 있을지도 모를 상황이라 총구를 앞세웠다. 안으로 조금 걸어가자 벽 한쪽에 방독면이 잔뜩 걸려 있었다. 그중에 하나를 골라 얼굴에 썼다. 그리고 더 안으로 들어가자 넓은 공간이 나오고 이름 모를 장비들이 널려 있었다. 인간의 모습은 보이지 않았다. 한쪽에는 말리지 않은 교화 잎과 뿌리가 있었고, 다른 한쪽에는 건조된 것이 있었다. 그리고 그 뒤로 농축 시설 같은 곳이 있었는데, 그곳이 무엇인지 명확히 알 길은 없었다. 제일 안쪽으로는 화학 약품 같은 것도 구석에 잔뜩 쌓여 있었다. 아까 공조실을 들어

교화도(蛟花島) 이야기

오면서부터 약간 매캐한 냄새가 났는데, 아마도 이곳에서 시작된 냄새인 것 같았다. 다행히 방독면이 유독가스를 잘 막아주었다. 몸을 돌리니 입구 쪽에는 제품을 포장할 플라스틱 팩과 박스가 가지런히 쌓여 있었다. 추측하자면, 교화 잎과 뿌리를 씻어서 말리고 화학약품과 함께 농축시킨 후, 완성된 제품을 포장하는 동선인 것 같았다. 기암절벽 밑에 이렇게 거대한 공장 시설을 갖춰져 있을 것이라고는 아무도 상상하지 못했을 것이었다. 밖에서 이야기를 들을 때에도 반신반의했는데, 실제로 이것을 내 눈으로 확인하고 나서도 이게 진짜 현실인지 잘 분간이 되지 않았다.

다시 아까 왔던 현관으로 나와 이번엔 왼쪽 통로를 살폈다. 그곳에는 이미 완성된 물품 박스가 가득 쌓여 있었다. 아마도 곧 출고시킬 제품들을 미리 쌓아놓은 모양이었다. 이곳에 대해 더 자세히 알고 싶었지만, 이미 모두 죽여버려서 알 길이 없었다. 아쉽지만, 다음 반복 때 다시 와보기로 하고 다시 공조실 복도 쪽으로 걸어 나왔다. 그런데 내 앞에서 누군가 기어가는 것이 보였다. 생존자인 모양이었다. 그에게 가까이 다가갔다. 그는 바로 여객 터미널 사장이었다. 그는 옆구리에도 총을 맞은 모양이었다.

"인간이 살고자 하면 못 하는 게 없어! 안 그래?"

"제발……. 제…… 발…… 살려줘……."

나는 그의 배를 발로 걷어찼다.

"육진현이 말대로…… 그냥 너랑 네 가족을…… 진즉에 죽여버렸어야 하는 건데, 그게 진짜 한이다."

그가 피를 토해냈다. 나는 그를 죽일 마음이 없었다. 그저 그의 대답이 필요했다.

"육진현? 지구대장 이야기하는 거야? 더 자세히 이야기해 봐. 대답에 따라 널 살려줄 수도 있어. 어때? 넌 주동자가 아니잖아?"

내 말에서 살 희망을 찾았는지 그가 다시 온순해졌다.

"이 일을 주도한 게 누구야? 그리고 섬에 또 누가 연관되어 있어?"

"난 자세히는 몰라! 진짜야! 믿어줘!"

그가 아까 밖에서 하지 않았던 상세한 이야기까지 나에게 털어놓았다. 그의 대답은 나를 다시 미궁으로 던져놓는 기분이었다. 마지막으로 그에게 물었다.

"그래서 여태껏 그렇게 열심히 내 와이프랑 딸을 죽였냐? 그건 또 누구의 계획이야?"

"죽이다니? 아니야. 그건 내가 아까 헛소리한 거야. 그런 이야기를 우리끼리 우스갯소리로 하기는 했는데, 진짜로 누가 계획하거나 그런 건 없어. 그냥 조금만 괴롭히면 알아서 이 섬을 떠날 줄 알았어. 근데 버티더라. 너랑 그 작가 부부도?"

우스갯소리? 그는 왜 계속 말실수를 할까? 그의 허벅지에 대고 총을 쐈다. 그리고 그곳을 빠져나왔다.

가만히 생각해 보면 용찬이네 집에서 죽음을 맞이했던 때에 우리 모두는 무언가에 취해 정신을 잃었었다. 그때 범인이 혹시 교화를 사용한 것일까? 모를 일이었다.

차에 올라 담배에 불을 붙였다. 담배가 왠지 쓰게 느껴졌다. 아까 총알이 스쳐 지나간 어깨가 욱신거렸다. 조금 전에 내가 경험한 모든 것과 들은 이야기가 사실인지 믿어지지 않았다.

여객 터미널 사장의 이야기를 정리하자면 이랬다. 교화는 우리 섬 에만 나는 아름다운 꽃인데, 사실 이 꽃의 잎과 뿌리에는 사용자에 게 환각 작용을 하는 마약 성분이 들어있다는 이야기였다. 아주 오래 전, 이 섬에 정착한 조상들은, 그 당시에는 담배가 매우 비쌌기 때문 에, 교화를 말려서 담배처럼 피웠다고 한다. 그 전통이 꽤나 오랜 기 간 유지된 모양이었다. 그런데 나중에 이 섬을 방문했던 한 화학자 가 그런 전통을 신기하게 여겨서 교화를 연구한 결과 해당 사실을 발 견했다. 그가 관계 당국에 신고하려고 하자, 마을 주민들은 그를 죽 여버리고 교화를 담배처럼 판매할 결심을 하게 된다. 그러나 정부 기 관의 감시를 피하기 위해 상품을 만들기는 하되, 외국에만 판매를 했 다. 초기에 국외 판로를 어떻게 개척했는지에 대해서는 여객 터미널 사장도 알지 못했다. 어쨌든 그것이 후대에 후대를 거쳐 지금까지 전 해진다고 했다. 요즘에는 기술이 더 발전해서 교화를 전자담배 액상 처럼 만들어서 외국에 판매하는데, 주로 동남아시아나 아프리카 쪽 으로 밀수출한다. 이 거대한 음모의 배후에는 총 3명의 책임자가 있 는데, 그중 하나가 여객 터미널 사장으로 주로 공장의 관리와 생산을 맡고 있다. 그리고 다른 하나는 지구대장인데, 그가 주로 정부 쪽 인 사들에 대한 로비를 담당한다. 나머지 하나가 바로 우리 국장이었다.

국장은 해외 밀수출과 자금 세탁을 관리한다. 그 셋 중 정점은 국장이었다.

이미 모든 답이 나온 상황이었다. 그간 섬 주민들이 왜 그렇게까지 외지인을 경계했는지 이유가 명확해졌다. 그리고 그 때문에 섬 주민 중에 누군가가 아내와 하나를 죽인 것이 자명했다. 실제 이 섬에 외지인은 우리 부부와 용찬이네 부부밖에 없었다. 누가 더 깊이 관련되어 있는지 여객 터미널 사장은 알지 못했다. 모든 것을 더 명확하게 하기 위해 국장을 만나야 했다.

신은 나에게 임무를 주었다. 그것은 바로 이 악의 구렁텅이를 이 세상에서 제거하라는 것이었다. 이제야 나는 내게 주어진 소명을 깨닫게 되었다. 모든 것은 신의 계획대로였고, 그는 나를 통해 자신의 뜻을 펼치고자 했다. 이 섬에서 모든 악이 사라지면, 그는 나에게 다시 가족과 내일을 허락할 것인가?

교화도(皎花島) 이야기

AGIN?

　"아! 양진교 씨! 잠시만요! 방금 총을 획득했다고 하셨는데, 차라리 그 총으로 본인의 가족을 지킬 생각은 안 하셨나요? 아무리 범인이 강하고 싸움을 잘한다고 해도 총이 있으면 진교 씨가 훨씬 유리한 상황 아닌가요?"

　"네? 아…… 그게…… 근데 누구시죠?"

　"아까 초반에 말씀드렸는데, 이야기하시다가 잊어버리신 모양이네요. 저는 새로 양진교 씨를 담당하게 된 장서필이라고 합니다. 말 끊어서 미안해요. 계속하시죠."

　나는 지금 누구와 대화를 나누고 있는 거지? 이건 또 무슨 기억이지? 아니면 꿈을 꾸는 것인가? 장서필? 서필? 서필이가 누구지? 어딘가 익숙한 이름이기는 한데……. 그의 멱살을 잡았던가? 아마도 그랬던 것 같다. 지금 내 손에 도끼가 들려 있지 않았던 것이 외려 다행이었다.

AGAIN 192th

국장의 신병을 확보하는 일은 그리 어렵지 않았다. 사무실에 출근 하자마자 도끼로 현중이의 머리를 내려찍었다. 그리고 놀라서 뒤로 자빠지는 국장을 마구 폭행했다. 묻고 싶은 것이 있기에 죽일 마음은 없었다. 기절시키는 것만으로 충분했다.

국장을 지하 창고로 끌고 가서 의자에 앉힌 후 밧줄로 묶었다. 국장은 워낙 마른 체질이기는 했지만, 그래도 성인 남자를 옮기는 것은 만만한 작업이 아니었다. 지하 창고는 우리만 쓰는 공간이라 금융국 직원들이 내려올 일이 좀체 없었고, 아무리 소리를 질러도 1층까지 닿지 않는 구조였다. 차가운 물을 떠 와서 국장에게 뿌리니, 그는 그제야 정신을 차렸다. 묻고 싶은 것이 많았다. 그가 제대로 정신을 차릴 때까지 기다렸다.

"물어보고 싶은 게 있으면, 그냥 물어보지 왜 이렇게 일을 크게 만드는 거야? 양 과장?"

예상치 못했던 그의 반응에 나는 선뜻 대답할 말을 찾지 못했다.

"현중이는? 죽었나?"

나는 대답 없이 고개만 끄덕였다.

"불쌍한 놈……. 나도 죽일 건가?"

"그야 국장님의 대답에 달려 있겠지요. 그리고 현중이…… 죽었는데…… 다시 살아날 겁니다. 그리고 국장님도 아무 일 없던 것처럼 지낼 수 있으니까 자꾸 보채지 마세요."

"죽었는데 살아나? 이게 애들 장난처럼 보여?"

"제가 지금 모든 사실을 말해도 국장님은 저를 못 믿을 테니까……."

나는 말끝을 흐렸다.

"그럼 양 과장은 내 말을 믿을 건가?"

그가 지금 내게 하는 태도는 확실히 평소와는 다른 모습이었다.

"말씀해 보시지요. 믿고 안 믿고는 그때 가서 판단할게요."

"일단 이것 좀 풀어주지. 커피나 한잔하면서 대화하자고…… 평소 처럼……."

그의 의외의 대답은 나를 혼란스럽게 만들기에 충분했다. 나도 모르게 깊은 한숨이 나왔다.

"잠시 기다리시죠."

나는 그의 말을 믿어도 되는지 판단이 잘 서지 않았다. 일단 그의 결박을 풀지 않고, 1층에 있는 탕비실로 달려가서 커피를 타서 다시 지하로 내려왔다.

"발은 안 됩니다. 팔은 풀어드리겠습니다."

나는 그의 팔을 묶은 밧줄을 풀었다. 원래는 그가 제대로 대답하지 않으면, 손톱부터 하나씩 뽑아낼 생각이었는데, 시나리오가 예상과는 다른 전개로 흘러가고 있었다. 이럴 줄 알았으면, 현중이는 그냥 살려둘 걸 그랬다는 후회가 몰려왔다.

오전 9시 48분

우리는 서로 마주 보고 앉았다. 나는 질문했고, 그는 대답했다. 그의 대답은 이전 반복 때 여객 터미널 사장이 나에게 이야기했던 것과 거의 비슷했다.

"내가 정점이라고? 그 새끼가 그랬어? 헛소리! 나도 그냥 꼭두각시에 불과해."

"네?"

"초기에 해외 판로를 어떻게 개척했다고 생각해? 우리 조상들? 헛소리야. 그저 물고기나 잡으며 살던 섬사람들이 뭘 안다고 해외에 가서 물건을 팔겠나? 그것도 그렇게 위험한 물건을?"

"그러면요?"

그의 이야기에 나는 적잖이 놀랐다.

"대한민국을 실제로 지배하는 어두운 세력이 있어. 처음부터 그놈들이 다 한 거야. 우리는 그저 그놈들이 떨어뜨리는 콩고물이나 얻어먹고 사는 벼룩 같은 인간들이지."

그가 마른기침을 해댔다. 나는 잠자코 그의 다음 말을 기다렸다.

"한번 거래를 하면 배달꾼들이 달러나 엔화로 거래 대금을 가지고 섬으로 돌아와. 나는 윗대가리들이 지정한 우체국 사서함으로 그 돈을 배송하지. 매번 사서함 주소가 바뀌어서 추적은 불가능해. 추적을 당할 만큼 허술한 세력도 아니겠지? 암튼 그렇게 배송을 하면, 한 달 뒤에 우리들의 차명 계좌에 돈이 찍히지. 적으면 수백만 원, 많을 때는 천 단위가 넘어갈 때도 있어. 그건 거래 대금의 수준에 따라 결정이 돼."

"도대체 그딴 짓을 왜 하는 겁니까? 그렇게 돈이 좋아요? 교화에 중독된 인간들은 어쩔 건데요? 또 그 인간들이 마약에 취해서 저지르는 부차적인 피해는 또 어떻고요? 당신들 진짜 제정신입니까?"

"나도 그만두고 싶었어! 이 짓거리! 나도 그만두고 싶었다고! 그래서 몇 번이나 이 섬에서 도망쳤어. 내가 두드려 맞은 게 이번이 처음

교화도(咬花島) 이야기

인 것 같아? 언론사에 제보도 해보고, 서울에 있는 큰 경찰청에 가서 자수도 해봤어. 그런데 그 새끼들이 나를 피해망상 환자로 둔갑시켜서 정신병원에 강제로 입원까지 시키더라! 도대체 얼마나 더 높은 윗선까지 이 세력이 관계되어 있는지 내가 알 길이 없었어! 이런 상황에서 내가 뭘 할 수 있는데?"

그의 답답한 심정이 내 귀에 날아와 꽂혔다. 몇 분간 우리 사이에 침묵이 흘렀다. 서로의 말에 침묵함으로써 우리는 서로를 위로했다.

"나도 이 섬 토박이는 아니야."

의외의 사실이었다. 나는 여태껏 그가 이 섬의 토박이인 줄 알고 있었다. 그가 양껏 기침을 해댄 후에 말을 이었다.

"나도 젊었을 때는 서울에서 사업을 했었지. 그런데 IMF 때 내가 운영하던 사업체가 파산했어. 와이프는 이혼하자고 난리를 치고 ……. 큰애가 그때 막 초등학교에 입학했는데, 입학선물로 새 옷 하나 사 입힐 형편도 못 됐어. 그래서 그냥 죽으려고 했는데, 지인한테서 전화가 와서 만나자고 하더라. 그리고 나에게 이 일을 제안했지. 그렇게 섬에 들어온 거야. 살려고……. 처음에는 좋았어. 돈 때문에 죽고 싶었는데, 돈 덕분에 살겠더라. 그런데 어느 순간부터 양 과장이 말했던 그 양심이 나를 자꾸……."

그가 내 앞에서 눈물을 흘리기 시작했다. 나는 담배에 불을 붙여서 그에게 주었다. 그는 여태껏 끊고 살았던 담배를 말없이 입에 물었다.

"그럼 이 섬에 또 누가 그 일에 가담하고 있습니까?"

나는 화제를 전환했다. 사실 이것이 내게 가장 필요한 정보이기도 했다.

"전부 다! 양 과장네 부부랑 그 작가네를 제외하고 이 섬에 있는 모든 사람들!"

나는 한숨을 쉬었다.

"얼마 전에 어떤 새끼가 우리 부부를 죽이겠다는 협박을 했습니다. 그래서 범인을 찾고 있어요. 지구대장한테는 이야기해 봐야 도움도 안 되고요."

나는 거짓말을 해야 했다.

"협박? 그런 일이 있었어?"

"근데 혹시 교화 때문에 누군가 저희 부부를 해치려는 사람이 섬에 있을까요?"

"정확히는 나도 모르지. 사실 나도 양 과장이 나랑 닮은 점이 있어서 처음엔 이 일에 끌어들일까 생각한 적도 있었어. 우리야 일손이 항상 부족하거든. 그런데 내 양심에도 걸리는 일을 도저히 양 과장한테 시킬 수는 없었어. 그래서 그냥 우체국에 자리를 하나 만들어 준 거야. 입에 풀칠이라도 하고 살라고⋯⋯. 양 과장네 부부랑 작가네 부부가 비슷한 시기에 이사를 오면서 당신들에 대해 우리 사이에도 이견이 많았어. 며칠 동안 격론이 오갔는데 결론은 괴롭혀서 이 섬에서 내보내자는 거였지. 요즘엔 SNS 같은 게 많이 발전해서 언론을 통제하는 게 예전처럼 쉽지가 않거든. 이 섬에는 지구대장처럼 돈에 미친 인간들이 많기는 해. 그래서 암암리에 서로를 감시하기도 하지. 그런데 아무리 그래도 누군가를 죽인다? 내 생각이지만, 그런 일은 없을 것 같아."

"그럼?"

"혹시 모르지. 뒤에 있는 세력에서 살인청부업자라도 보냈을지도
……. 지구대장이 실족사로 매조지면 끝이니까……."

그와의 대화는 이것으로 끝이었다. 나는 도끼를 들어 그의 머리를
찍어버렸다. 이것이 그의 죄에 대한 나의 심판이었다. 물론, 그가 다
시 살아날 것을 나는 알았다. 그것은 그에 대한 나의 긍휼이었다.

AGAIN 193th

　새롭게 깨달은 사실은 교화는 두 가지의 얼굴을 지니고 있다는 것
이다. 하나는 사람에게 행복을 주는 선한 얼굴이고, 반면 다른 하나
는 사람에게 위해를 가하는 악한 얼굴이다. 어느 한쪽 얼굴이 절대
적으로 우위를 점하고 있는 것은 아니다. 그저 사용자의 의지에 따
라 각 얼굴들의 비교 우위가 결정된다. 물론, 두 모습 모두 교화의 일
부에 지나지 않는다. 나는 교화를 사랑했지만, 이제는 그 사랑을 버
리기로 했다. 아내에게 이 이야기를 하지는 않았다. 아내와 하나에게
교화는 언제나 행복을 주는 선한 얼굴이어야만 했다.

　결국 그 난리를 쳐서 내가 얻은 소득은 없었다. 아내와 하나는 여
전히 죽어 있었다. 결국 내가 할 수 있는 최선의 일은 범인을 찾는 것

교화도(蛟花島) 이야기

뿐이었다. 오랜만에 한지철을 찾아가서 죽였다. 그를 나무에 묶어놓고 식용유를 팔팔 끓여서 그의 머리에 부어버렸다. 분풀이였을까? 아마 그랬던 것 같다.

AGAIN 198th

"인간은 모두 저마다 자신이 쌓아온 세계에 갇혀서 살아간다. 그리고 어떤 상황에서든 남들은 다 틀리고 자신의 생각만이 옳다고 주장한다. 남들이 보는 나도 과연 그런 모습이겠지? 틀림을 주장하는 것보다 다름을 인정하는 것, 그것은 인간이라는 존재에게는 거의 불가능에 가깝다."

교화도(咬花島) 이야기

AGAIN, 1/10,000

오후 2시 37분

언젠가부터 반복의 횟수를 세는 일을 잊어버렸다. 아마도 몇백 번이나 반복이 계속된 것 같다. 나는 이 섬의 인간들을 죽이고 또 죽였다. 언제 죽였는지 잘 기억이 나지 않는 인간들은 그냥 한 번 더 죽였다. 그러나 매번 반복 때마다 아내와 하나는 여지없이 목숨을 잃었다. 나의 노력이 모두 허사가 되는 것 같은 느낌이 들었다. 다만, 자괴감에 빠지지는 않았던 것 같다. 그저 짜증이 났다. 그런데 돌이켜 보면 내가 아직 심판을 내리지 않은 집이 단 한 곳 남아 있었다. 바로 용찬이 내외가 그 대상이었다. 고민은 깊어졌고, 비는 더 굵어졌다.

오후 2시 42분

우연이었을까? 운명이었을까? 아니면 이것 또한 신의 장난이었을까? 이도 저도 아니면 그저 단순한 조작이었을까? 마침 담배가 떨어졌을 뿐이고, 단지 마트에 들렀을 뿐이었다. 그리고 그곳에서 우연히 용찬이와 마주쳤다. 그 수많았던 반복 속에서도 처음 경험하는 일이었다.

"아! 형님!"

"응? 용찬아! 너 여기서 뭐 해?"

반갑기도 했고, 신기하기도 했다. 왠지 만나서는 안 될 사람을 만난 것 같은 기분도 들었다.

"장 보러 왔는데, 차가 고장 나서요. 택시 불렀는데 올 생각을 안 하네요. 태풍 때문에 그런가⋯⋯."

그의 시선을 따라 길 건너편을 보니, 그의 차가 주차되어 있었고 하단부에서는 새하얀 연기가 스멀스멀 올라오고 있었다.

"저거 저러다 차 터지는 거 아니냐?"

"설마요! 그럼 저 와이프한테 죽어요!"

수없이 많은 오늘을 살아온 나와 그저 오늘 하루를 살아가는 용찬이는 원래 모습 그대로였다. 역시나 그가 범인일 리는 없었다. 그래도 만의 하나의 가능성이라도 확인하고 싶은 마음이 들었다.

"그럼 내 차 타고 가자. 집도 근처인데 왜 택시를 타? 잠깐만 있어. 나 담배 좀 사고⋯⋯."

"그래도 돼요?"

교화도(鮫花島) 이야기

용찬이는 마치 구원자를 만난 듯 어린아이처럼 기뻐했다. 우리는 마트 앞에서 담배를 태우고 차에 올랐다. 오늘은 심판을 하지 않아 차에는 핏자국도, 도끼도, 총도 없었다. 다행이었다.

"참! 근데 제수씨는?"

"집에 있어요. 저 혼자 와서 다행이지 안 그랬으면 미리 차 정비 안 했다고 잔소리를 또 잔소리를…….."

그는 혼자였다. 오늘은 참 많은 것이 다행이었다.

"잠깐 나 들를 곳이 있어서 거기만 갔다 가자."

"그러시죠! 오랜만에 드라이브도 하고!"

나는 교화항 기암절벽으로 차를 몰았다. 가는 동안 우리는 끊임없이 사담을 나누었다. 그러던 중 그가 말을 멈추고 내 얼굴을 뚫어지게 쳐다봤다.

"형님!"

"왜?"

"아니요!"

"뭐가 아니야? 왜?"

"아니! 별다른 뜻이 있는 건 아니고요. 못 본 사이에 형님이 왠지 조금 변한 것 같아서요."

그에게는 반복이 없으니, 크로노스의 시간으로 따졌을 때, 우리가 만난 것은 불과 며칠 전이었다.

"변해? 내가? 좋은 의미야? 나쁜 의미야?"

"별 뜻 없다고 했잖아요. 그냥 뭔지 모를 거리감이 느껴져서요. 오랜만에 봐서 그런가요?"

나는 대답 없이 미소를 지었다. 아니, 명확한 표현으로는 대답할 말을 쉽게 찾지 못했던 것 같다. 곧 우리는 목적지에 도착했다. 나는 기암절벽이 내려다보이는 갓길에 차를 세웠다. 바로 밑이 낭떠러지였다.

"여기는 왜요? 누구 만나기로 했어요?"

뭔지 모를 불안함을 느꼈는지 용찬이가 보채듯 내게 말을 걸었다.

"용찬아, 지금부터 내 이야기를 좀 들어줄래?"

나는 그에게 지금 이 섬을 지배하는 어두운 세력들에 대한 이야기를 털어놓았다. 그러나 내가 지금 시간의 트랩에 갇혀 있다는 이야기만은 하지 않았다. 어차피 그는 믿지 않을 것이기 때문이었다. 그래도 혹시나 과거에 그와 함께 언론사에서 일했던 기자들을 통해 교화사업에 대한 이야기를 파헤치는 데 도움을 받을 수 있을까 하는 기대도 내심 있었다. 물론, 나에게 내일이 허락된다는 가정하에서 말이다. 가만히 내 이야기를 듣던 그가 드디어 입을 열었다.

"그런데요, 형님! 그 말이 사실이라면, 이 근처에 대규모로 교화를 재배하거나 그런 농장이 있어야 하잖아요? 그런데, 이 섬에 1년 넘게 살면서 그런 비슷한 거라도 본 적이 없거든요?"

역시 글을 쓰는 사람이라 통찰력이 있었다. 나는 생각지도 못했던 포인트였다.

"나도 자세한 건 모르지. 암튼 너 언론사에 아는 사람들 좀 있지? 그 사람들한테 이 이야기 제보하는 건 어때?"

"글쎄요. 저조차도 믿을 수 없는 이야기라⋯⋯⋯. 아! 아니요! 형님을 못 믿는 건 아니고요. 일단 연락은 해볼게요."

교화도(咬花島) 이야기

말을 마치면서 그는 시선을 허공으로 돌렸다. 그가 방금 무의식중에 한 행위의 숨겨진 의미는 사실 내 말을 전혀 믿지 못하고 있다는 뜻이었다. 내가 차에서 내리자, 그도 나를 따라 내렸다. 여전히 비가 내렸기에 우산을 써야 했다. 우리는 절벽 끝에 나란히 섰다. 그래도 내 이야기에 흥미가 있는 듯, 그는 여객 터미널을 유심히 내려다보았다. 우리는 담배에 불을 붙였다.

"아! 형님! 이거 그냥 제가 소설로 한번 써보면 안 될까요? 왜 그런 것 있잖아요! 한 가족이 섬으로 이사를 왔는데, 기존의 주민들에게 심하게 따돌림을 당한 거죠! 심지어 살해 협박에도 시달려요! 그런데 알고 보니까 섬 전체가 거대한 범죄 조직이었던 거죠! 괜찮지 않아요? 이거 아이디어 저 주시면 안 될까요?"

역시나 그는 내 말을 믿지 않고 있었다. 무언가에 들뜬듯한 그의 모습에 나는 기분이 몹시 상했다. 나는 한숨을 쉬었다. 그리고 그에게 말했다.

"그게 소설이 아니라, 지금 이 섬에서 일어나는 현실이라고!"

나는 그를 절벽 아래로 툭 밀었다. 큰 힘이 필요하지는 않았다. 그가 몸의 균형을 잃게 만들 정도면 충분했다. 그리고 나머지는 중력이 다 알아서 했다. 사실 인류 역사상 최악의 살인 도구는 중력임을 나는 익히 알고 있었다. 그가 손을 뻗어 나를 잡으려고 했지만, 나는 그의 도움을 거절했다. 그가 나를 기분 나쁘게 해서 그런 것은 아니었다. 단지, 그가 범인일 확률인 '만의 하나'를 확인하고 싶었을 뿐이었다. 그리고 그가 범인이 아니라면, 그는 아무것도 기억하지 못하고 또 다른 오늘을 살아갈 것이기 때문에 또한 괜찮았다.

무언가를 기억한다는 것. 그것은 나에게만 내린 하늘의 저주였다.
일종의 '과잉기억증후군'이려나? 아마도 그런 것 같다.

오후 4시 12분

나는 차를 몰고 용찬이네 집으로 향했다. 이제 '만의 둘'의 확률을 확인할 차례였다. 용찬이네 집에 도착하니 연주 씨가 문을 열어주었다. 나는 용찬이와 만나기로 했다면서 자연스럽게 집 안으로 들어갔다. 그리고 평소처럼 거실 소파에 앉았다. 연주 씨가 커피를 내주었다.

"오실 거면 언니랑 하나랑 같이 오시죠!"

"퇴근길에 잠깐 들른 거라, 다음에는 같이 올게요!"

사실 둘만 있는 것은 처음이라 어색했다. 연주 씨도 같은 마음이었는지 내 옆에서 잠시 머뭇거리다가 핸드폰을 꺼내 용찬이에게 전화를 걸었다. 물론 그가 전화를 받을 리 없었다. 방금 씻고 나온 듯, 연주 씨에게서 좋은 향기가 났다. 아내를 안은 지 얼마나 됐는지 기억조차 나지 않았다. 여느 부부처럼 우리도 하나가 태어나고 나서는 부부관계에는 소홀했던 것도 사실이었다. 물론, 생식 기능을 무시하고 살았을 뿐, 여전히 나는 혈기왕성한 남자였다. 그저 하루하루 먹고살기에 바빠서 그런 것에 신경을 안 쓰고 살았을 뿐이었다. 사실 시간의 틈을 헤매는 동안에도 가끔은 누군가를 안고 싶다는 생각을 하기는 했었다. 그러나 오늘 죽을 아내를 안고 싶은 마음이 없었을뿐더

교화도(咬花島) 이야기

러, 기회도 없었기에, 지금까지는 이런저런 핑계와 극한의 의지력으로 잘 버티고 있었다.

"오빠가 계속 전화를 안 받네요! 아까 택시 불렀다고 했거든요! 이미 도착할 시간이 지났는데……"

연주 씨에게서 좋은 냄새가 났다. 그 냄새가 자꾸 나를 자극했다. 짧은 순간, 무언가가 내게서 이성의 끈을 잘라내는 기분이 들었다. 연주 씨는 왜 하필 이 타이밍에 샤워를 하고 나왔을까?

"제가 죽였어요."

많이 때릴 마음은 없었는데, 그녀의 저항이 생각보다 심해서, 내가 생각해도 정도가 지나칠 정도로 연주 씨를 구타했다. 그리고 그녀의 몸에 올라탔다. 참으로 오랜만이었다. 살고자 하는 그녀의 버둥거림이 나를 더 재미있게 만들었다. 그녀를 범하고 싶었던 것은 아니었다. 단지 나는 그녀가 범인일 확률인 '만의 둘'을 확인하고 싶었을 뿐이었다.

오후 5시 30분

집으로 향했다. '오늘은 살아 있어라.', '제발 오늘은 꼭 살아 있어라.' 계속 주문을 외웠다. 그러나 내 주문은 또다시 엇나가고 말았다. 하늘은 이번 반복에도 내 부탁을 들어주지 않았다. 물론, 마음 한편으로는 알고 있었다. 아내와 하나가 살아 있다면 용찬이 내외가 범인이라는 이야기인데, 그것은 전혀 논리적이지 않았기 때문이었다. 아내와 하나의 시체가 나를 맞았다. 이제는 눈물을 흘릴 감정조차 내게 남아 있지 않았다. 분을 내어도 소용이 없다는 걸 알기에 화도 잘 나지 않았다.

시간의 트랩을 걸어가면서, 그 수많았던 반복을 살아내면서, 내가 깨달은 사실이 하나 있다. 그것은 우리 마음속에 있는 감정의 그릇은 오목한 모양이 아니라 사실상 거의 평면에 가깝다는 점이다. 그래서 우리는 사실 그 그릇에 타자의 감정은커녕 자신의 감정조차 진솔하게 담아내기 어렵다. 오목하지 않고 평평하니까 어떤 종류의 감정이든 온전히 담기지 않고 그냥 흘러버린다. 혹은 아주 쉽게 메말라 버린다. 자신의 감정도 제대로 담아내지 못하면서 타자의 감정을 자신의 그릇에 담아낸다? 이 말은 아주 허울 좋은 헛소리에 불과하다. 타자를 이해하거나 공감하는 능력은 사실 인간에게 주어지지 않았다. 원래 신은 인간에게 그런 기능이 없도록 설계하였다. 그것이 내가 깨달은 진리이다.

여느 때처럼 아내와 하나의 시신을 거실로 옮겼다. 그리고 씻지도 않고 하나의 방에 들어가 잠을 청했다. 안방에는 아내의 피가 너무 많이 떨어져 있어서 싫었다.

"여보, 미안해. 오늘도 실패했어. 그래도 괜찮아. 다시 살아날 거야. 다음 반복 때는 당신을 꼭 자기 지켜줄게. 그리고 우리 꼭 살아서 아무 일 없이 행복한 내일을 살아가자. 사랑해."

만약 내일이 온다면, 오늘과 다른 하루가 기적처럼 내게 다시 허락

교화도(皎花島) 이야기

될 수 있다면……. 잊고 살았던 답답함이 내게 몰려왔다. 내일이라는 놈은 나에게서 아내와 딸을 영원히 빼앗아 가겠지? 그러나 나의 솔직한 심정을 이야기하자면, 내 답답함의 원인은 사랑하는 이를 잃는 것이 아니라 악마의 선물과 같은 이 하루를 빼앗기는 것이었다.

AGAIN, 만약에

"내가 여태껏 이 섬에서 죽이지 않은 인간은 오직 나뿐이구나."

문득 그런 말도 안 되는 생각이 들었다.

교화도(皎花島) 이야기

강원동부지방경찰청

수신 : 내부결재
(경유)
제목 : 수사보고(교화군 연쇄살인 사건에 대한 수사보고)

　　　　피의자 양진교가 자행한 교화군 연쇄살인 사건에 관하여 아래 및 첨부와 같이 수사
하였기에 그 결과를 보고합니다.

- 아　래 -

　　　1. 사건번호 : 강원동부-강력-20240738
　　　2. 사 건 명 : 교화군 연쇄살인 사건
　　　3. 발생일시 : 2024. 9. 13(금)
　　　4. 피 의 자 : 양진교(만 42세) ※ 피의자의 신상은 첨부1 참조
　　　5. 사건개요 : 첨부1 참조

첨부　1. 사건개요 1부.
　　　2. 피의자 검거 과정 및 근무일지 1부.
　　　3. 사건증거(사진자료 포함) 1부.
　　　4. 목격자 및 주변인 조사서 1부.
　　　5. 법의학 감정서(피해자 부검 소견서 포함) 1부.
　　　6. 피의자 정신감정서 1부. 끝.

★강력팀장 이규호　　형사과장 주필모　　　수사국장 공석　　　경찰차장 이건규　　　경찰청장 이득훈

협조자

시　행　　강원동부-강력-20240738　　　(2024. 10. 28)

(082356)　　강원도 편백시 서구 공항로2길 59　　　　　　　http://www.kwwpolice.org

전화번호　033-2988-1398　　팩스번호　033-2988-1301　　[공개수준] 대외비 (비문 제2024-0124호)

강원동부지방경찰청장 [직인생략]
"시민의 안전이 곧 우리의 자부심입니다."

1. 개요 :

    피의자 양진교(만 42세)가 강원도 교화군에서 자행한 4건의 살인
    및 1건의 강간살인 사건

2. 피의자 신상

    가. 이름 : 양진교

    나. 생년월일 : 1982. 2. 30(만 42세)

    다. 거주지 : 강원도 교화군 대지면 새교화길 76

    라. 특이사항 : 2019년부터 4년간 조현병(피해망상, 환각 등)으로
                   신경정신과 입원 및 통원치료 이력 있으나, 교화
                   군으로 이주한 이후, 임의로 치료를 중단한 상태

3. 범행 동기 :

    주로 조현병(정신 착란, 피해망상, 환각 등) 발작에 의한 살인으로
    추정
    ※ 첨부5. 피의자 정신감정서 참조

4. 사건일시 : 2024. 9. 13 (금)

5. 사건 당일 범행 피의자 동선 및 사건 발생 일지 (시간순/표)

발생(추정) 시간	발생 장소	피해자 신원	범행	피의자와의 관계
14:30 ~ 15:00	교화초등학교 사택	한지철 (만 32세)	살인	피의자 자녀의 교사 피해자 유진서의 동료
15:30 ~ 16:00	피의자 자택	유진서 (만 36세)	살인	처
15:30 ~ 16:00	피의자 자택	양하나 (만 6세)	살인	자녀
16:00 ~ 16:30	피의자 자택	성용찬 (만 40세)	살인	이웃 피해자 박연주의 남편
17:00 ~ 18:00	피해자 자택	박연주 (만 34세)	강간 살인	이웃 피해자 성용찬의 아내

6. 사건 당일 범행 피의자 동선 및 사건 발생 일지 (시간순/서술)

가. 피의자 양진교(이하 '피의자')는 사건 발생 당일 14시 30분경 교화초 사택을 무단으로 침입하여 피해자 한지철을 살해. 피의자는 범행 동기에 대해 묵비권 행사. 주변인 조사결과, 피의자는 평소 피해자 한지철과 자신의 처 피해자 유진서가 내연 관계에 있다고 의심했다고 하였음(※조사결과, 피의자의 해당 주장은 사실무근). 이로 인해 피해자 한지철에 대한 살인을 저지른 것으로 추정.

나. 피의자는 15시 30분경 자신의 자택으로 이동하여 피해자 유

진서와 양하나를 살해. 전술하였듯이, 피의자의 조현병 발작 증상 및 의처증이 해당 사건의 발단이 된 것으로 추정.

다. 피의자는 16시경 자신이 피해자 유진서와 양하나를 살해하는 장면을 우연히 목격하게 된 피해자 성용찬을 현장에서 살해한 것으로 추정. 실제 범행 동기 불명.

라. 피의자는 17시경 피해자 성용찬의 자택으로 이동하여 그의 아내인 피해자 박연주를 강간 후 살해한 것으로 추정. 실제 범행 동기 불명.

마. 피의자는 18시경 교화군 소재의 민 할머니 민박집으로 이동. 19시경 해당 사건을 접수한 교화파출소 직원들에 의해 현장에서 검거. 끝.

교화도(皎花島) 이야기

에필로그 :

가을 태풍이 불어오던 날에
교화도(皎花島)에서 있었던 일의 진실

꿈이었을까? 나는 지금 꿈을 꾸고 있는 것일까? 아니면 또 다른 시간의 어느 선을 달리고 있는 것일까?

"또 하루가 반복되었나요?"

분명 나는 잠에 깊이 빠져 있을 텐데, 알지 못하는 익숙한 음성, 아니 정확히는 분명 아는 목소리인데 기억하고 싶지는 않은 목소리가 내 청신경에 날아와 맺혔다.

"네."

무의식중인데도 내 입술에서는 자연스럽게 대답이 흘러나왔다.

"이번엔 범인을 잡으셨나요?"

"아니요. 이번에도 잡지 못했습니다."

눈물이 흘렀다. 분명 나는 무의식의 한가운데를 헤매고 있는데, 그런데도 눈물이 난다는 것이 오히려 신기했다. 약간의 미소를 지었던가? 아무래도 그랬었던 것 같다.

"오늘 보냈던 그 하루는 어땠나요? 이야기해 줄 수 있나요?"

"말하자면 길어요. 들어주실 수 있으세요?"

"제가 늘 말했잖아요? 저한테는 시간이 많아요. 천천히 이야기를 해보세요."

'늘 이야기를 했다?'

'그럼 이 대화가 처음이 아니었던가?'

'그래서 그의 목소리가 익숙했던 건가?'

'내 무의식 속에서 나와 이야기를 나누는 당신은 또 누구지? 혹시 서필이?'

수많은 의심 속에서, 그리고 여전한 무의식중에서, 나는 또다시 벌어진 끔찍한 하루에 대해 그에게 이야기하기 시작했다. 그는 아무 말 없이 나의 이야기를 경청해 주었다. 내 말을 들어줄 누군가가 있다는 것이 좋았다. 짧은 순간 깨달았다. 그 지독한 고통을 헤매면서도 나에게는 '임금님 귀는 당나귀 귀'를 외칠 대나무밭이 없었다는 것을…….

"그랬군요. 내일은 어떨까요? 내일은 오늘이 아닌 다른 날이 시작될까요?"

"아니요! 그럴 것 같지는 않아요. 아내와 하나를 죽인 범인을 찾아

교화도(鮫花島) 이야기

야 이 모든 것이 끝날 것 같아요. 그냥 느낌이 그래요."

"언제까지 그 반복이 계속될까요?"

"말씀드렸잖아요! 그 새끼를 잡아서 찢어 죽일 때까지라고요!"

내가 소리를 질렀던가? 아마 그랬던 것 같다.

"저도 진짜 싫어요! 이 상황이 역겨워요! 매 순간에 욕지기가 올라와서 죽을 것 같다고요!"

분을 내니까 눈물이 멈췄다. 인간의 뇌 구조는 참 신기하다.

'진짜 싫다. 역겹다. 욕지기가 올라오는 것 같다. 매일이 그렇다.'

'매일이 반복될수록 그렇게 나는 스스로를 속이는 데 익숙해져 갔다.'

"양진교 씨, 도대체 언제까지 그 세계에 갇혀 있을 건가요? 이제 스스로 좀 깨고 나오지 않을래요? 사실 우리 모두가 그 범인이 누군지 알잖아요. 그러니까 이제 양진교 씨가 벌인 일에 대해 스스로 인정을 하세요. 그래야 우리도 양진교 씨를 도울 수 있습니다."

그의 목소리는 여전히 차분했다. 그의 어투에는 묘한 설득력이 있었다. 그런데 그 목소리에 내가 어떻게 반응했던가? 그에게 폭력을 휘둘렀던가? 아마도 그랬던 것 같다.

'아뿔싸! 폭력을 휘두르느라 그에게 범인의 정체를 물어보는 걸 깜박했다.'

'서두를 건 없다. 내 힘으로 범인을 찾으면 된다. 또다시 시작될 나의 하루가 기다려진다.'

실체

"선생님, 영화 〈인셉션〉**을 보셨나요?"

"아! 네! 디카프리오 나오는 영화요?"

"네……. 디카프리오……. 그 영화에서 디카프리오랑 그 여자 주인공이 누구였죠?"

"엘렌 페이지요!"

"아! 엘렌 페이지! 디카프리오랑 엘렌 페이지가 한 카페에서 대화를 나누는 장면이 나와요."

"그런 장면이 있었나요? 본 지 오래돼서 기억이 잘 안 나네요."

"거기서 디카프리오가 엘렌 페이지한테 물어봐요. 우리가 어떻게 여기에 온 건지 기억하냐고요. 그런데 엘렌 페이지가 대답을 못 해요. 대화를 나누는 곳이 꿈속이었거든요. 그때 디카프리오가 꿈은 항상 중간에서부터 시작하기 때문에 그 시작점을 찾을 수 없는 것이라면서 그 이유를 설명해요."

"양진교 씨도 이 반복이 어떻게 시작되었는지 기억이 안 나서 그런 이야기를 하는 건가요?"

"아니요. 기억나죠. 깨어진 유리 조각 같아요. 금방이라도 손을 벨 것 같은……. 그래서 그 시작이 너무 아파요."

"스스로는 이것이 꿈이 아니라고 생각하시는 건가요? 혹은 이 모든 것이 사실 양진교 씨의 머릿속에서 재조직된 현실이라는 생각은 안

** 영화 〈인셉션〉(㈜디스테이션, 워너 브러더스 코리아㈜, 2010)

드시나요?"

"모르겠어요. 그냥요. 이 모든 것이 꿈이었으면 좋겠어서요. 지나치게 현실이라……."

회복할 수 없는 이야기

"선생님, 드디어 타임머신을 완성했어요."

"그래요? 언제로 가볼 참인가요? 미래요? 아니면 과거로?"

"과거로요."

"괜찮다면 과거의 어느 시점인지 물어봐도 될까요?"

"그가 잉태되던 그날이요. 81년의 그 언젠가……."

"가서 뭘 할 생각이에요?"

"그의 부모님을 찾아가려고요. 찾아가서 오늘 당신들이 갖게 될 그 아이가 커서 얼마나 끔찍한 인생을 살아야 하는지 가르쳐 주려고요. 그리고 그가 얼마나 끔찍한 일을 저지르는지 알려주려고요. 그러면 …… 정말…… 그러면…… 그가 이 세상에 존재하지 않는다면, 그의 아내와 아이도 살릴 수 있지 않을까요? 그럼 이 모든 것이 없던 일이 될 수 있지 않을까요?"

"그래요……. 양진교 씨, 이제 치료 시작합시다."

악마, 혹은 핑계

"이 세상에는 악이 실제로 존재하잖아요? 그런데 그 악은 순전한 악일까요? 아니면 왜곡된 선일까요?"

"너무 고민하지 마시게. 친구! 이 세상엔 순전한 악이나 왜곡된 선 따위는 존재하지 않고, 오직 왜곡된 악만 존재한다네."

이야기의 끝

'나는 이제 기억하는 모든 것을 끝내려고 한다.'

'숨이 잘 쉬어지지 않는다.'

교화도
이야기

초판 1쇄 발행 2024. 6. 18.

지은이 심규철
펴낸이 김병호
펴낸곳 주식회사 바른북스

편집진행 황금주
디자인 한채린

등록 2019년 4월 3일 제2019-000040호
주소 서울시 성동구 연무장5길 9-16, 301호 (성수동2가, 블루스톤타워)
대표전화 070-7857-9719 | **경영지원** 02-3409-9719 | **팩스** 070-7610-9820

•바른북스는 여러분의 다양한 아이디어와 원고 투고를 설레는 마음으로 기다리고 있습니다.

이메일 barunbooks21@naver.com | **원고투고** barunbooks21@naver.com
홈페이지 www.barunbooks.com | **공식 블로그** blog.naver.com/barunbooks7
공식 포스트 post.naver.com/barunbooks7 | **페이스북** facebook.com/barunbooks7

ⓒ 심규철, 2024
ISBN 979-11-7263-031-7 03810